郭文斌
作品典藏

寻找安详

郭文斌 著

黄河出版传媒集团
宁夏人民出版社

图书在版编目（CIP）数据

寻找安详 / 郭文斌著. -- 银川 ：宁夏人民出版社，2025. 6. --（郭文斌作品典藏）. -- ISBN 978-7-227-08169-2

Ⅰ. I267

中国国家版本馆 CIP 数据核字第 20253U9H86 号

郭文斌作品典藏

寻找安详　　郭文斌　著

项目统筹　陈　浪
责任编辑　刘　艺
责任校对　周方妍
封面设计　徐胜男
责任印制　侯　俊

黄河出版传媒集团
宁夏人民出版社　出版发行

地　　址　宁夏银川市北京东路 139 号出版大厦（750001）
网　　址　http://www.yrpubm.com
网上书店　http://www.hh-book.com
电子信箱　nxrmcbs@126.com
邮购电话　0951-5052106
经　　销　全国新华书店
印刷装订　雅昌文化（集团）有限公司
印刷委托书号　（宁）2500664

开本　787 mm × 1092 mm　1/32
印张　8.75
字数　134 千字
版次　2025 年 6 月第 1 版
印次　2025 年 6 月第 1 次印刷
书号　ISBN 978-7-227-08169-2
定价　58.00 元

总 序

郭文斌

非常感谢宁夏人民出版社策划出版这套“典藏本”。

当初和何志明社长商量，这套“典藏本”要和中华书局、山东教育出版社早年给我出版的文集和文集修订本区别开来，重点选择近年出版的、读者“应用度”最高的、对抑郁症疗愈效果最好的、对青少年心理健康帮助最大的。

为此，选择了我的书中最畅销的《寻找安详》《醒来》。这两本书，先后由中华书局、长江文艺出版社出版发行，已经数十次重印。

选择了传统文化作为日课用的。比如“寻找安详小课堂”的班主任张润娟、班委施晓军等同仁，他们把《寻找安详》《醒来》作为早晚课。而班长闫生昌、班委张广主持的全国“寻找安详网络早课”等平台，则是以《郭文斌解读〈弟子规〉》《郭文斌解读〈朱柏庐治家格言〉》为主体读本。

选择了读者反复诵读的，比如宁夏大学的崔金英老师，已经在“喜马拉雅”把《醒来》读了二十多遍，每天读一篇，很少间断。比如北方民族大学的梁馨元同学、河北的杨新华法官，他们在“荔枝”把《寻找安详》读了十几遍，每天读一篇，很少间断。

选择了读者“倒逼”出版的。《郭文斌解读〈弟子规〉》《郭文斌解读〈朱柏庐治家格言〉》《郭文斌说二十四节气》，都是读者根据“学习强国”上传的同名电视节目整理出来的，其中《郭文斌解读〈弟子规〉》先是读者自发印行了内部书，引起反响后，由百花文艺出版社正式出版的。《郭文斌解读〈朱柏庐治家格言〉》也同样。

也许读者会说，《农历》《中国之中》《中国之美》的发行量也很大，被不少学校推荐给师生阅读，被不少家长作为孩子的床头读物，不少篇章被出到考试卷子里，被全国三十个省、自治区、直辖市的“寻找安详小课堂”作为教程。特别是《农历》，因主人公是两个小孩，特别受青少年欢迎。比如，银川十岁的刘一然小朋友，已经在“喜马拉雅”把《农历》读了四十多遍。这几本书却为什么没有收入这套“典藏本”呢？

其实，当初，我们也曾考虑过收入，但后来想，还是突出这套“典藏本”的“快速反应”功能，就是说，《农历》《中国之中》《中国之美》对身处心理困境的读者的帮助是熏陶式的，润物细无声的，不像《寻找安详》《醒来》《郭文斌解读〈弟子规〉》《郭文斌解读〈朱柏庐治家格言〉》见效快。就是说，这套“典藏本”，我们是把它作为“心灵姜汤”来开发的，面对“心灵感冒”，中国人的办法是喝一碗姜汤，出出汗，很快就会好。十三年的全国“寻找安详小课堂”线上线下近百万人次的实践证明，这套“典藏本”，是可以作为“心灵姜汤”来服用的。

需要给自己点赞的是，这次终于下决心把《郭文斌解读〈弟子规〉》《郭文斌解读〈朱柏庐治家格言〉》由口语改为书面语，删去可有可无的字句和段落；对重要知识点，做了增补；对引文和故事，做了核校。总体上更符合语法规范和修辞的准确性。相比口语版，每本书能减少一百页左右，更加匹配小开本。

心里装着读者，修改的过程就充满暖意，感觉每删掉一个字，每精练一个句子，就会节约读者一刹那时间，就非常有成就感。整个过程，充满着感动，那就是老天恢复了我的体力。以前好几次重印，想改，中途都停下了，因为体力不济。因此，与其说是我把这两部书稿改完，还不如说是老天的慈悲。

非常感谢宁夏人民出版社，感谢何志明社长、陈浪老师和他的团队，感谢所有为这套“典藏本”的出版发行付出心血的朋友们。

是为序。

2024 年 10 月 16 日

目　录

引　子

走进安详

享受安详

向孔子学习安详

在大年中感受安详

在文学中传播安详

在生活中应用安详

引　子

一个人，一个家庭，一个单位，一个国家，要想康泰，就要长养安详之气。

若干年前，我得了一种怪病，遍寻良医均不得治。就在我心灰意冷的时候，上苍让我碰到了一位高人。

想来那是一次有点传奇色彩的邂逅。故事的过程不在此赘述，单表结果，那就是折磨我多年的顽疾居然被他治好了。

许多亲戚朋友问我，那人到底用了什么灵丹妙药，竟有如此神效？我说，说来你们也许不会相信，他开给我的全部药只是一个词——安详。

但事实确是这样。

他说，所有的疾病都来自非安详，一个人，一个家庭，一个单位，一个国家，要想康泰，就要长养安详之气。

我问，如何才能安详？

他说，安详有许多层次，获得安详是一生的事情。

我请教他，就我而言，当下应该怎么做？

他说，读安详的书，做安详的事。

病急乱投医。带着试试看的态度，依教奉行，没想到，身体果然渐渐好起来；两个月后，折磨人的病痛基本消失；半年后，我成了一个让大家羡慕的健康人，生活和事业也顺起来。

走进安详

通过“给”“守”“勤”“静”“信”，我们走进安详。

竹檻燈牕識秋娘庭院
畏廬用夢窗詞意寫此

安详是一种不需要条件做保障的快乐，换句话说。它是一种根本快乐、永恒快乐、深度快乐，它区别于那种由对象物带来的泡沫快乐、短暂快乐、浅快乐。

安详强调亲证性。打个比方，一杯水，只有我们尝了之后才知它的味道，否则，即使读上几十本关于水的书，也仍然不知何为水味。

通过“给”走进安详

“给”就是把我们能拿出来的那份物力、体力、智力奉献社会，并且不求回报。只有如此，我们才能融化“自我”这块坚冰，清除这一通往安详道路的最大障碍。

一个人要想走进安详，首先要和天地精神相应。

而“给”，就是天地精神。

阳光、空气、时间、空间都是免费为我们提供的。有人收取土地出让金，但是大地本身没有收取；有人收取水费，但是水本身没有收取。

为此，天才长，地才久。

当年鲁哀公问孔子，他的弟子里谁最贤德，孔子的回答是颜回，因为他“不迁怒、不贰过”。孔子为什么要首先强调不生气呢？当年搞不清楚，后来突然明白了。人为什么会生气？生气是因为自我被冲撞。人在什么情况下不生气？无我。那么，如何才能无我？利他差不多是一条最重要的途径。

我们且不要说像颜回那样完全消灭自我，就是尽可能地弱化自我，快乐也会成倍增长，因为烦恼和焦虑来自患得患失，而要消除患得患失，唯一的办法就是去掉得失心。

而要去掉得失心，就要向天地学习。

日月无言，昼夜放光；大地无语，万物生长。

放光，又无言；生长，又无语。

当我们尝试着把能拿出来的那份财物给更需要的人，一段时间之后，对财物的占有欲就降低了。渐渐地，就能体会到钱财的得失不再给我们造成很大的焦虑。同时发现，把财物给急需的人更有增值感，这种增值感既是物质的，又是精神的。如此，附着在财物上的那个“我”融化了，另一个“我”诞生了，它就是本我。

这时，我们就会明白，所有的痛苦都是因为“小”造成的，宇宙、众生、人类、国家、家族、小家、本我、大我、小我，层层隔离，逐次成“小”。为了捍卫这个“小”，焦虑产生了，痛苦产生了。

可见，痛苦是因为我们心的“小”。这是我的，那是我的，得到便喜，失去便苦。一个宝物，到了我家，我高兴，到了别人家，我沮丧。但在“整体者”看来，放在谁家都一样啊。

可见，分别心越小痛苦越小，分别心越大痛苦越大。

反之，当这个“小”按照小我、大我、本我、小家、家族、国家、人类、众生、宇宙这样的次第扩展，来自小我的焦虑便逐次削弱，直至于无。

可见，这个“小”是被“分别”出来的。

现在，我们反其道而行之，通过把自我认同的财富、力气、智慧给予他人，我们的心量就打开了、扩大了，结果是，焦虑消失，安详到来。

对于一个村落级心量的人，家的得失已经不会给他造成焦虑；对于一个世界级心量的人，村落的得失已经不会给他造成焦虑。而对于一个以“大整体”为家的人，已经不需要做“回家”之想了，终极归属的焦虑自然消失。

实践一段时间，我们会发现，“给”的方式更加润物无声，比如一个公益倡导，比如一个公益访谈，比如给世人做一个好榜样，比如用“四两拨千斤”的方式引动更多的人去给予，等等。

再实践一段时间，我们还会发现，在给别人的过程中，我们有了力量感。这时，我们就懂得了什么叫“量大福大”。事实上，量大也会力大。我们才知道，真正的力量是与我们的心量对应匹配的，这大概就是古人讲的大则势至吧。

无疑，最究竟的“给”是点亮他人的心灯，帮助他人找到本有的光明。在长篇小说《农历》中，我写到这么一个故事：盲尼夜行，观音菩萨让她掌灯避人，不料还是被一个和尚撞了个满怀。盲尼说，难道你就没有看到我手里的灯吗？和尚说，你手里的灯早已灭了。盲尼当下开悟，原来任何外在的光明都是不长久的、靠不住的，一个人得有自己的光明。

通过“守”走进安详

“守”是让心归到本位，让行归到伦常。

要让行归到伦常，首先就要搞清楚什么是缘分和本分，对此我在《〈弟子规〉到底说什么》一书中有过专门阐述。

而要让心归到本位，就要回到现场。

更多的时候，人的心不在现场，所谓“神不守舍”。许多错误和灾难都是在神不守舍时发生的，比如司机走神，比如口舌之战。在我看来，疾病也是在神不守舍时发生的。当我们长期心不在位，与之对应的“身”就会出问题。因为只有身心匹配才会阴阳两全，只有阴阳两全，才不会造成生理的短路和故障。这也就是古人讲的病由心生的道理，而焦虑和抑郁就更是心不在现场的结果。

只有让心回到现场，我们才能“躲开”时间。只有“躲开”时间，我们才能免于焦虑。一切焦虑，究其根源，都是因为时间。人们之所以患得患失，是因为有时间在；人们之所以恐惧，是因为有时间在；人们之所以悲观，是因为有时间在。

只有让心回到现场，我们才能进入整体。一定意义上，整体也是安详之体。因为整体，我们释然；因为整体，我们安然；因为整体，我们放心；因为整体，我们放松；因为整体，我们自信；因为整体，我们满足。就像一个孩子，当他回到家里，回到父母身边，就再不需要提心吊胆一样。同样，因为整体，我们能够听；因为整体，我们能够看；因为整体，我们能够呼吸。以呼吸为例，它的生生不息及无条件关联性告诉我们，所有生命都是整体的一部分，所谓同呼吸、共命运。因为同呼吸，所以共命运；相反，因为共命运，所以同呼吸。既然整体如此优越，那么我们只需要把自己交给整体即可，因为整体什么都不缺，什么都不坏，它的特性是生生不息，圆满自足。

只有让心回到现场，我们才能把生命变成和谐。我曾经很重地关门，心想门无知，轻重何妨？后来悟到，轻重和门无关，而是轻时，自己收获了一份爱心。当我们能够轻轻地把门关上，轻到听不到门和门框的触碰声时，就会觉得门不再是门，而是一个生命。这时，我们的心里会有爱发生。一个人总是对物件轻拿轻放，时间久了，也会对感情轻拿轻放，小心翼翼，伤感情的话就会少说，伤感情的事就会少做，家庭冲撞就会减少，和谐就会增多。到单位也同样，到社会也同样。一个人总是对物件轻拿轻放，时间久了，也会对责任轻拿轻放，小心翼翼，错误就会减少，遗憾就会减少。同理，他也会慎重对待欲望、诱惑。因此，《弟子规》所言“缓揭帘”“宽转弯”，看上去是一个动作，却关系到人的成功和幸福。

只有让心回到现场，我们才能把生活变成诗意。当我们的心回到现场，再看到一个水果，会有一种感觉，它是一个十分自足的世界，那么美妙，那么不可思议。面对它们，有时会有种非常强烈的感觉，仿佛能进入它们的内部，因为它们本身就是一个世界，一个完美的世界，我们甚至都有些不忍心吃它们，至此，一个人的慈悲心就生起了。真是“一花一世界，一叶一菩提”。

只有让心回到现场，我们才能获得真正的智慧。现场是智慧的源泉。智慧和知识不同，智慧是一个人的慧力，它是由能量、妥善、圆满、速度、成功构成的，或者说，它是由能量、妥善、圆满、速度、成功体现的。有些人可能学富五车，但处理问题却是一塌糊涂；有些人只字不识，却可渡人于岸，六祖慧能就是典型。来自现场感的智慧是由源头提供的，有些类似于写作中的“灵感”。它显然是一个赏赐。既然是一个赏赐，就对接收者的清净度要求很高，当一个人常常“接收”它的时候，清净心就生起了。

只有我们随时随地都能让心回到现场，并且明明白白地感受着这个现场，安详才能到来。

那么，如何才能让心回到现场？

有以下几种方式可以采用：

第一种方式是找到现场感。

所谓现场感，就是不要离开本体，或者说和本体保持同步。这个“感”，近似于“感觉”，又不同于“感觉”，它是感觉的总部，比感觉更自觉、更主动、更永恒。

就像一棵树上的花朵虽然有别，根却只有一个，这个“根”，就是现场感。热是感，冷是感，饥是感，寒是感，疼是感，痛是感，都是感。热、冷、饥、寒、疼、痛有别，但“感”无分别。这个无分别的“感”，也许就是本质所在，就是整体所在，就是永恒生命力所在。由此可知，只有进入这个“感”，才能进入平等。

这时，我们就会明白，为什么当徒弟问师父“父母未生我之前如何”时，师父答：“转头就是。”把头转向哪里？在我看来，答案或许就是这个“感”。

为此，古人为我们设计了许多方便。《弟子规》讲，“执虚器，如执盈”，端着一个空杯，就像端着一个满杯；“缓揭帘”“宽转弯”，只有“缓”，只有“宽”，我们才能“感到”自己。

具体来说，吃饭时要明明白白地尝到每一口饭菜的味道；喝茶时要明明白白地让口唇、舌头、喉咙、食道感觉到，明明白白地跟踪它，一直到胃里；走路时要明明白白地感觉到每一步提、移、落、触的过程；睡觉时要明明白白地听到自己的心跳；说话时要明明白白地听到自己在说什么；起心动念时要明明白白地知道如何“起”，如何“动”，如何“落”；等等。

对于生命来讲，这个“明明白白”太重要了。如果我们在品“这一口”茶时错过了茶，我们即使把《茶经》背个滚瓜烂熟，也找不到茶。如果我们在喝“这一口”水时错过了水，我们即使泡在大海里，也找不到水。

体尝过一段时间的“现场感”之后，我们就会发现，“感觉”比“思想”离本体更近，离安详更近，离喜悦更近，也离能量更近。就是说，它更有价值。“感”是我们连接大本体的通道，它通过眼、耳、鼻、舌、身、意发生，它本质上是我们的“神”，是一种来自整体性的能量。

当这种“感”稳定下来时，本体能够时时刻刻跟踪“我”。同时我们会明明白白地感觉到我们和大本体的同根性、同源性。随之，我们会有一种安全感、力量感，因为同根，因为同源。这时，焦虑自动消失，烦恼自动消失。这时，我们不由得不感恩。这，也许就是“感恩”一词的来处。由此可知，只有“感”到，才能“得”到。

一个人，只有他的这个“感”出来，才能和天、地、人“交流”，否则，他是一个闭塞的系统，一个“伪生命”系统，维持其生命运转的就只是惯性，不是本性。本性的枝叶是“感”，本性的触须是“感”。

当一个人的“感”打开时，喜悦之泉就会打开，这时，幸福就不再是盛在杯里，而是在源源不断地流淌。现在有不少人在讲成功学，但大多在讲如何把水存在壶里、倒在杯里，而不是让它汩汩流淌、源源不断。就是说，他讲的还是流的原理，不是源的原理。有了源，就有了一切，因为源来自大本体。“会心当处即是，泉水在山乃清。”“是”什么？是真之所在，美之所在。这个“是”，正是通过现场感获得的。如果我们舍近求远、舍本求末，结果是一生都在追逐，到头来既见不到山，也见不到水，当然也见不到心。

一个人如果找不到现场感，要想做到“守”是不可能的。比如我们常常犯的错误，打开水龙头往桶里接水，心想，还得等一会儿才能接满，就去干别的事了。可是这一干，就把接水的事给忘了，结果水溢了一地。再比如上网，本来是要到网上搜索一句话的，但搜着搜着，就被别的信息吸引了，上网的初衷被忘得一干二净，有时一两个小时过去都浑然不觉。正是因为走得太远，我们常常忘了因何出发。而一个有过现场感训练的人，会分配他的知觉，“分知觉”的“目”在劳动，“总知觉”的“纲”永远把控着这个“目”，而不会让他因为“目”

的精彩而忘了“纲”。由此可知，现场有大现场和小现场，知觉有总知觉和分知觉，人格有大人格和小人格。

据我的经验，一个人是否找到了“现场感”，有如下几个标志：

一是当下感。能够随时回到当下，随时清晰地“感”到呼吸，甚至感到“呼吸之根”。会对身体非常敏感，接着对环境非常敏感，身体对环境也非常敏感，冷热痛痒都有种放大之感，比如累了，会知道那个“累”是在什么地方发生的，如果能够成功跟踪这个“累”，它会渐渐化掉。后来还会有宏观和微观通感、虚空和微尘通感。可以随时“入流”，但不“忘所”。

二是喜悦感。觉得生命中时时都有一种喜悦感，也就是焦虑感消失。如果一个人的焦虑还在，说明他还没有找到现场感，因为“现场”中无焦虑。比如，去交电话费，如果前面排着长队，找到现场感的人将不再着急，不再催促；如果他还着急，还埋怨工作人员怎么这么慢啊，说明还没有找到现场感。

三是享受感。觉得时时事事都在享受。这才发现，快乐就在“现场”，就是“现场”的一种“感”。因此，回到“现场”是一个境界，体会这个“感”又是一个境界。

回到“现场”是寻证，而“感”既是寻证，又是享受寻证。由此，曾经让我们厌烦的工作转为我们喜悦的资源，工作量变成了喜悦量。一个找到现场感的人，他对世界的感知力提高了，世界在他面前变得更丰富，更有层次感、维度感，更有诗情画意，更有生命力，他的幸福指数自然就大幅度提高了。这才明白，无用之用，才是大用。相对于世俗目标来说，现场感是无用的，但事实上，它是大用，是生命的全部，因为我们恰恰在这个“无用”中尝到了生命的原味。

四是同味感。如果我们找到现场感，就会发现这个世界上还有一种不是甜却又在甜中、不是辣却又在辣中、不是苦却又在苦中的味，这个味，就是“无味之味”。它事实上是一种更重要的味——就像水，它不是咖啡，但没有它我们尝不到咖啡味；它不是茶，但没有它我们也尝不到茶味。它是味的“底”。这样，我们会觉得生活中的一切都是那么美好，由此，我们就能够全然享受生活，包括曾经厌恶的生活。

五是超然感。因为他能看清世间的真相，所以能超然于生活之外，甚至生命之外，但又不排斥生活，不排斥生命。他会非常淡定，又非常积极。他在奔走、奉献，但心如止水。可谓“从心所欲，不逾矩”，可谓“穷则独善其身，达则兼善天下”。

六是整体感。能够用“一”思维看问题，它的特性是整体性、圆满性、平等性、智慧性、力量性。中华民族一直强调集体意识，强调利他，强调爱，强调“家和万事兴”，正是因为“和”是整体的表现，爱是生命力的表现。

第二种方式是“后退”。

比如，我们看到或者想到了一个目标，心里有了占有的念头，马上意识到进入了“想法”；如果我们立即从这个“想法”里“后退”，退到一个“没有想法的地带”，就会发现因占有欲而产生的焦虑消失了，我们重新回到喜悦中。同时还会有种荒唐感，觉得自己刚才怎么动了这么一个无聊的念头。这个“没有想法的地带”，应该就是本体地界，或者说是本体地界的通道了。

一切焦虑都产生在“想法层”。理论上来讲，当我们把“想法层”端掉，焦虑的根就被挖了。

但事实上，对于现代人来讲，要把“想法层”彻底端掉，是几乎不可能的。因为这本身就是一个生产“想法”的时代，面对洪水一样的意识流，怎么会没有“想法”？

因此，用闭关自守、逃脱生活、减少意识关联点、消灭“想法”诱因的办法，都已经无法做到。

可以采用的办法是随起随退，就是“想法”才起，马上就退，让焦虑没有浮出水面的机会。当然，要马上退，首先要我们马上意识到“想法”已经起来。通常情况下，当我们意识到时，“想法”自动破灭（这个“意识到”，就是本觉。我们之所以会有不安全感，是因为把错觉当本觉。我们之所以会有终极焦虑，仍然是因为把错觉当本觉）。

这种“马上”的功夫，决定了一个人回到现场的功夫，也在一定意义上决定着一个人的幸福指数。

如果没有这种“马上”的功夫，生命常常被惯性掌控。

换句话说，更多的时候，生命都由惯性体操作，本体在沉睡。只要我们能够随时发现惯性体，本体就会随时醒来。原来，平时跟我们捣蛋惹我们烦恼的正是惯性体。比如，等我们发现，水已经倒在杯里了，你会惊讶，是谁指挥身体倒的？是惯性体。那个指挥者是如何发出的指令，我们不知道。可以肯定的是，那一刻，我们不在现场。许多错误都是在那个状态里发生的，因为惯性体没有无条件准确性。

只有我们能够随时发现“想法”，认清“惯性”，才能真正地让心回到现场，走进安详。人之所以烦恼，是因为“走丢了”。而消除烦恼的唯一途径就是“回归”。

第三种方式是进入“不允许分心环境”。

“不允许分心环境”可以让我们“强行”体会“准现场感”。比如用极简方式洗茶：把开水倒进茶杯，倾斜杯子，用一根筷子把茶挡在杯口，把杯里的水倒尽，但又不让一叶茶出来。

可见，日常生活中，很多时候我们是在“准现场”的，却没有意识到，比如把刚烧开的水倒进暖瓶，比如走单杠，比如打球，比如书画家进入创作状态。只是我们没有把它自觉化、日常化，特别是没有把它“感”化。

当然，最终我们要从“不允许分心环境”到“现场感”。

由此可知，在现场是一种身心全然在场又被“感”的状态，特点是“这时”“这事”同时和“身”“心”“感”发生关联。更多的时候，我们身在心不在，或心在身不在，因为我们的身心没有“现场感”这样一个调和者。

回到现场是瞬间发生的，就像一个动作突然停止，一个思绪突然停顿，它是一个着陆的过程，只不过很快，不需要过渡。训练有素之后，我们会发现，烦恼是雪，现场感是阳光，阳光出来，雪自动化掉；烦恼是黑暗，现场感是阳光，阳光出来，黑暗自动消失。我们还会觉得，现场感是一个巨大的熔炉，无论多么顽固坚硬的烦恼之木、痛苦之铁，一旦进入它，都会顷刻熔化。这种熔化力，来自安详，就是安详。

通过“勤”走进安详

金刚钻之所以无坚不摧，是因为它的密度；而生命的密度，正是由“勤”决定的。相同时间里，我们完成了他人两倍的细节，我们生命的密度就是他人的两倍。

“勤”在本质上是对时间的致敬。通常情况下，人们认为时间是无生命的，这不对。在传统生命维度内，时间一定是生命体，一定是呼吸体，我们浪费时间，就是在欠大账。

在寻找安详的过程中，我越来越深切地感到时间是物质的、具体的，就像手上的粉笔，只要你写，它就会短下去；又像阳光下的雪，即使你不动它，它也会薄下去。对于一个人来说，它有一个总量，就像一缸米，只要你用，它总会被用完。

那么，拿这有限的时间做什么，就成了关键。对于一个要成为物质富翁的人来说，把一天时间耗在股市上是正确的；但对一个想做精神富翁的人来说，把一天时间用在股市上显然是错误的。精神富翁也许不反对财富，但财富应该是朝着精神高地行走产生的副产品。对有更高超越性追求的人来说，他就会把这“一碗米”用在终极目标上，哪怕进项不多。由此看来，目标成为关键中的关键。

“勤”意味着行动力。一粒种子，只有落地才能生根发芽开花结果，否则，它永远是一粒种子；一块面包，只有我们食用它，才能变成我们的能量，否则它跟我们的生命没有任何关系。

有一些儒学专家、道学专家、佛学专家、心理学专家，虽然学术水平很高，但烦恼依旧，灾疾依旧，什么原因？就是因为他知而无行。这就像许多“财富专家”恰恰没有财富一样，因为赚钱除了要知晓理论，更需要去播种，去耕耘。

还有一些人，要么去寺院、道场皈依，要么拿出一生的积蓄去朝圣，但仍然和吉祥如意无缘，原因何在？在我看来，问题就在“行”字上。

我们要收看某套电视节目，必须和它的频道相应才行，否则，即使你坐在电视台台长的家里，也无法看到这套节目。可见“同频”是关键中的关键。因此，真正的朝圣，在我理解，应该是和圣人的频道相应，是完全按圣人的教诲去做事。如果我们不依教奉行，那么即使每天把圣人的名号挂在嘴上，把圣人的经典背个滚瓜烂熟，也没有用。同样，我们要获得安详和喜悦，就要和安详、喜悦的频道一致。

一个密不透风的“勤”，背面就是安详。许多人的安详之所以不能出来，就是因为“勤”是透风的、不究竟的。因为这个透风，这个不究竟，才有了心猿意马，就是说，我们给了意识开小差的机会。而在意识开小差时，感和觉就被干扰，来自本体的安详之光就无法流淌。我们一定有这样的体会：当专注于一件工作时，恰恰没有焦虑；闲下来时，焦虑到来。可见带给我们焦虑的是意识。为此，仅仅从消除焦虑的角度来看，“勤”也非常重要。这时，我们会突然发现，“勤”在本质上也是现场感的一个媒介。

强调“勤”事实上是强调从细节做起，从改过做起，从衣食住行、待人接物做起，不放过每一个因缘。

为什么不能放过每一个因缘？打个比方，我们要拨通一个人的电话，需要把对方的每个号码都拨对才行，如果对方的号码是七位数，我们只拨对了六位，电话是通不了的。我看到一个报道，说在日本，工人即使对老板非常有意见，也不会敷衍工作。他会在头上绑一根白布条，表示抗议，但对手中的工作，永远尽心尽力。因为他知道，工作是在完成自己的事，跟老板没有关系。

一个人因为对老板不满生产了一件次品，他生命的账单上就永远留下了一个漏洞，对于生命本体来讲，这是一个永远无法弥补的遗憾，因为时空的特性是不可再来、不可复制的。如果我们在一个特定的时空点把一个工序做错了，把一句话说错了，将不再有可能更正，因为那个特定的时空点已经永远像流水一样流走了。这正好反证了“在现场”的重要。可见一个人如果不在现场，事实上是不可能不犯错误的。

回头再说老板。其实，我们所有人都在给一个“大老板”打工，所有工作事实上都是自己和“大老板”的一个约定，和“小老板”没有关系。一个个缘分，看起来是我们和世事的关系，究其本质，是“大老板”在我们生命中的展示。我们错误地处理了一个缘分，就等于我们向“大老板”犯下了一个错误。

因此，写下“不用扬鞭自奋蹄”这句话的人，肯定明白这一点。它是一种主动、一种自愿，真正的敬业正是由此而来，真正的心量也正是由此而来。想想看，一个人心怀与“大老板”的约定做事和心怀与“小老板”的约定做事，其效果该是多么不同。

通过“静”走进安详

在一次十分热闹的聚会中，我却听到一则安静的故事：一个农民为一家寺院送豆腐，看到和尚们整天在那里静静坐着，很享受的样子，很是好奇，就请求加入进去体会一下。不想刚一坐定，就想起有人若干年前欠他的一笔豆腐款还没收齐，当即起身告退，找人去要账。

在我看来，这是关于一个时代的寓言。之于卖豆腐者，“静”太不重要了。

但事实真相是，静是最重要的。没有静，我们感受不到世界的富有和美丽；没有静，根本智慧无法起作用，诗意无法发生；没有静，心神无法安宁，而心神不宁的直接结果是灾疾。对于整个社会来讲，没有静，就意味着没有和谐，没有幸福。

古人之所以十分看重静，因为静是生命力，或者说是生命的态。累了一天，睡一觉，精神百倍，补给能量的，正是静。这个静，既是状态，又是能量。男女之爱之所以吸引人，正是因为借助于对方让我们暂时回归于静。如果我们能够在自身找到这个静力，就再不需要借助对方回到静了。同时，它还告诉我们，生命是在静中孕育的，尽管它看上去是激情，但那个激情正好是另一种静，因为在那个时间段里，我们没有杂念产生。因此，这个静和速度无关，出色的舞蹈演员在舞蹈时，看上去在动，但他的心是静的，因此才打动人，而他自己也在享受中。

既然静能够孕育生命，那就意味着它能够孕育一切，包括智慧。现在我们就会明白，古人为什么半日读书半日静坐。明白了其中的道理，我们就会知道，读也是静，静也是读。

在今天，能够体会到静、享受到静的人，已经不多了。因为我们的环境已经没有了静地。古人对静地的要求是，九里之内听不到牛叫声。显然，现代社会无法找到这样的地方了。当年回老家，当我走进那个小山村，从那个山头走过的时候，就觉得进入了一种节奏，那是一种巨大的、充沛的、富有磁性的静。每晚，我都要出去，一个人坐在山头上，抬头，明月就在当空；一伸手，星星就在掌心。那种寂静，真是有种融化人的力量。那一刻，我能够实实在在地体会到来自浩瀚宇宙的无尽滋养。这几年，已经没有当年的感觉了，因为村里已经有拖拉机和摩托车这些东西了，当年那种持久的浓烈的厚实的寂静，已经无缘享受了。

为此，“闹中取静”就成了一个课题。我尝试通过一个对象物，致心一处取静。比如把一本经典读一千遍，把一首歌唱一千遍，觉得有效果。当下瑜伽之所以流行，大概也是因为这个原因，通过一定难度的动作，让如猿之心、如马之意暂时粘在上面，给身体一个浮出水面的机会、回家的机会、喘息的机会。也就是通过一念，到达无念。

之后，我又尝试通过“现场感”取静，不料效果更好。比如，在非常热闹的环境，完全跟随那种热闹；在非常喧哗的场合，完全跟随那种喧哗。不久，就体会到了一种粘在言行思维上的“反照力”，然后回住在这种“反照力”上，一种原来不曾体会过的喜悦发生了，有些妙不可言。

现在看来，它是一种跟踪力、观照力、觉察力。

它，应该就是静的核。

蓦然发现，由不安静带来的焦虑消失了。

有鉴于此，对于现代人，我更愿意推荐通过现场感取静。当一个人找到了现场感，他就会发现，生活和工作本身就是瑜伽；他就会发现，曾经在瑜伽馆里做的那些还是一个生活的分别，还不究竟。

自此，我不再赞同那些执意放弃城市生活到乡村去寻觅桃花源的做法，因为“放弃”这个词本身就是执着，正确的做法应该是安处。就是说，如果我是城里人，我安处在城里；如果我是乡村人，我安处在乡村。问题是，现在的乡村人想到城里，城里人想到乡村，时代处在一个“大非分”之中，一个再大不过的“非静”就这样产生了。桃花源不在别处，就在心里。如果一个人的心里有桃花源，他就会随时随地安处。想想看，如果世界上的每一个人都能随时随地安处，这个世界是不是就是和谐社会了？这时，我们就会理解老子为什么要讲“鸡犬之声相闻”，却“老死不相往来”，因为没有必要，因为安处就是桃花源，不需要跑来跑去，徒劳心神。

我这才明白，“农历精神”之所以滋养人，因为农历本身就是一个静，这在古老的年俗中体现得尤其突出。无论是守岁、点明心灯，还是出傩，都会把人导入大静。我这才明白，既然生命来自静，来自安详，那么我们进入静，进入安详，事实上就是回家。此时才知为什么年关到来，人们要不顾一切地回家。可见，大年本身就是一个回家情结的集体无意识，是中华民族的一次集体精神还乡。为此，我很早就建议把春晚从除夕挪开，因为春晚让我们在最需要最值得沉浸于祝福现场时，却在兴致勃勃地“走神”——一次长达四小时的集体“走神”，“回家”的主题就被严重干扰了。守岁，作为中华民族集体公约的进入时间的方式、进入祝福的方式，一年只有一次，却被春晚闹掉，真是太可惜了。春晚是完全可以提前一天，或者推后一天的。

我这才明白，静是一种回家的方式。放过爆竹的人一定有这样的体会，在爆竹从点燃到爆破的那个时间段里，人是在现场的，虽然这个过程看上去“热闹”，但它本质上是“寂静”的，因为在那一刻，我们的内心了无杂念，只有“期待”。事实上，它是一种不需要期待的期待，说静候可能更准确。就像鞭炮，当火星从捻子迅速地燃向炮身，当那一声声脆响发生，一个人的心里只有现场和现场感。这不正是一种通过动态完成的静吗？在那一刻，你会发现，你的心和时间是平行的，如果说时间是一个湖面，那么你就是静泊在湖面上的一叶扁舟。

让我们乘着这叶再美丽不过的扁舟——回家。

通过“信”走进安详

一个人要找到安详，应该让心先定下来；而要让心定下来，就要在心中存有“天意”。在人间，天意表现为道德，伦理、因缘、程序。信天意，就要我们遵守道德、伦理、因缘和程序。道是生命的交通规则，德是按照交通规则去行走，红灯停，绿灯行，车走车道，人走人道；伦理是天地人的关系；因缘是古人对生命运化的规律性认识；程序就是“瓜豆原理”，种瓜得瓜，种豆得豆。

中国文化之所以推崇道德，是因为道德是人格动机。一个追求道德的人，他自然会向人格处用力，而不是“物格”。一个向人格用力的人，他的目光自然在“内”，心思自然在本质。这也就是古人为什么强调省察、觉察、

觉悟的原因。就是说，古圣先贤他们更加注重跟踪心意，而不是跟踪物意，不是跟踪股票行情，不是跟踪机会。

中国文化之所以强调伦理，是因为伦理本身就是快乐，所谓“天伦之乐”。古人发现，父子之亲是快乐的种子，因此古人特别强调孝道。孝看上去是一个“向上”的姿态，事实上更是一个“向下”的姿态。这种“向上向下”的交会，就像是植物在白天借茎叶把光变成能量，夜晚再用根把能量提供给茎叶，从而给家提供一种绵延不绝的温暖。一个充分体会过家的温暖的孩子，成人之后，自然会把这种温暖带到社会，成为一个温暖的种子；相反，一个从破碎家庭走出来的孩子，往往是对社会带有敌意的，这种敌意，很可能是一个反道德反社会的潜在因素。想想看，假使核武器掌握在一个内心充满仇恨的人手里，将意味着什么？

中国文化之所以特别注重因缘，是因为因缘观让人释然。当一个人的心中有因缘这个概念时，他的辩证法就会完美得多，因为他知道一切都是因缘际会，所以就不会对物质过度贪恋，也就不会对爱恨情仇过度计较，因而淡泊，因而轻松，因而快乐。现代人之所以活得特别累、特别焦虑，就是因为大多人心中没有因缘这个概念，认为一切都是奋斗所得，包括爱情，包括幸福，这个逻辑自然会派生痛苦、派生焦虑，当然也会派生灾难。

中国文化之所以特别敬畏程序，特别是无漏的程序，是因为它来自“天造地设”。这个无漏的程序，我把它称为“第一逻辑”。“第一逻辑”告诉我们，种瓜得瓜，种豆得豆，福自我求，命由我造，天网恢恢，疏而不漏。它是一种“天意版”的“大自然”系统，它在每个个体生命中自动运转，正是这套自动化的“大自然”系统，分毫不差地记录着人的所有言行，成了每个人的福气存折。一个人的健康、美丽、荣誉、成功、富有，都以此为据，从此生发，它是一个看不见的“根”，也是一个最大的“缘”。

相对于种子来说，缘就是土壤，就是气候，只有肥沃的土壤、适宜的气候，才能长出参天大树。这一信念，同现场感一样，也会让我们的焦虑自动脱落。一个心存“第一逻辑”的人，肯定会“但行好事，莫问前程”。而一个“但行好事，莫问前程”的人，还有什么焦虑呢？当一个人的心中存有“第一逻辑”，就会比他人少去许多得失之苦。就拿当下非常严重的健康焦虑来讲，心存“第一逻辑”的人会作如是想：如果上苍觉得我有用，自会留我。所以，只管成为一个好员工，其他的事不用多想。这样活着，多简单，多轻松。

无论是道德，还是伦理，抑或是因缘，包括程序，无一例外地都让人们去行善。但“行善”这个词，现在被讲滥了，其实，它是“行在善中”的意思。行在善中，首先要我们的念头保持在善中，亦即“念在善中”。要想念在善中，就要不断训练自己的跟踪力。只有念头正了，行为才能正。因此，行在善中，首先是念在善中。

而要做到念在善中，首先要警惕惯性。通常情况下，人的“第一念”都是“恶倾向”的，因为我们平时生活在惯性中，这个惯性，一定意义上讲就是习性。就拿我们的日常生活来说，早晨起来，每个人都内急，大家的第一念往往是“我先上”，这就是一个“恶”，善的念头应该是“他先上，我等等”，虽然我们会通过礼节让给别人，但那已经是第二念做出的决定了；公交车来了，第一念往往是“我先上”，虽然有时我们会让老人孩子先上，但如果我们足够细心，就会发现这已经是第二念做出的决定了；单位要向上级报一个先进，第一念往往是“那当然是我了”，虽然我们接着会让给别人，但这也已经是第二念做出的决定了。因此，古人讲“三思而后行”

是非常有道理的。事实上，不需要“三思”，只要“二思”就够了。经典作品的价值之一就是把我们从惯性的道路上唤回来，换句话说，它们都是在提醒我们警惕“第一念”。古人之所以让我们“见人之得，如己之得；见人之失，如己之失”，就是因为我们见人之得，往往嫉妒，见人之失，往往幸灾乐祸；古人之所以告诫我们“过能改，归于无。倘掩饰，增一辜”，就是因为我们平时犯了错误，往往不是首先忏悔、改正，而是设法辩解，设法遮掩，设法推诿。我非常敬佩民间待客礼仪中的让饭让茶，家里来了客人，父母明明知道对方不会吃的，但总要我们礼让一番。即使出门在外，面对陌生人，也要如此。现在想来，其实就是培养我们一事当前先想到别人的潜意识。

当我们能够成功地把握好“第一念”，就能体会到古人讲的“一切福田，不离方寸；从心而觅，感无不通”。

如果我们真正走进安详，就会发现安详和世俗成功并不矛盾，因为安详会感召大善缘。就是说，世俗成功是安详感召来的一个副产品。这就像一个人，职务是厅级，国家自会配发厅级工资，是处级，国家自会配发处级工资一样，关键是看我们拥有哪一级的安详。如此，我们就不会为一时之逆而沮丧，也不会为一时之顺而得意。天意就是这样，当时我们是看不出来的。但在我们内心，一定要有一个坚信，那就是天意是存在的，而且是毫厘不爽的。

有一个晚辈向我倾诉工作变动的事，并言倒霉。我听完后问他，你是缺儿还是少女？是缺吃还是少穿？是在贫中还是病中？如果不是，那怎么能够轻言倒霉？或许我们谁都可以不相信，但一定要相信上苍；我们谁都可以怀疑，但一定不能怀疑上苍。如果我们连上苍都不相信，还能相信什么？一个心中无信的人，又何言安详？一个心中没有安详的人，又何言幸福？一个心中没有幸福的人，又何言成功？同样，一个心中有上苍的人，怎么能轻言倒霉？他当时就申明收回所言。之后，坦然面对变动，乐观应对生活，不料一个个意想不到的好事到来。

积善之家，必有余庆。如果善人被饿死，那就没有天理。但是，怎么会没有天理呢？每一个城市都有它的规划，每一个单位都有它的制度，怎么会没有天理呢？

为了方便读者借鉴，我把自己当年“由信得定”的一个口诀分享如下：

“大有我无，思非当是，但行莫问。”

当自己遇事焦虑时，就把这个口诀念一下，效果很好。

“大有我无”，是说一切都是由“大逻辑”决定的，自己想也是白想。再说，连“我”都是一个假象，还有一个谁在乎得和失呢？同时提醒自己，只有我们的言行合乎大道，“有”才会发生，才会到来。亦即只有“公”，才有“益”。“公”是根本，“益”只不过是“公”这棵大树上结出的一个果而已。佐证这一原理的，有“求之不得”“舍而得之”这些成语。另外，当“大我”在现场时，“小我”消失了，焦虑也消失了。

“思非当是”，是说一旦思想已经错了，正确的做法应该是从思想回到现场，因为真正的“现场”一切都不缺，并且是“真有”。

“但行莫问”，是说尽管去做好事，不要考虑结果，因为结果之想会把我们带出现场，产生焦虑。

通过“给”，我们把心路腾开，把心的空间放大，从“小我”转变到“大我”；通过“守”，我们回到现场，回到本质，回到根；通过“勤”，我们给自己不断“升级”，同时不给习气以空间和机会；通过“静”，我们的心湖能够映照明月，能够明察秋毫；通过“信”，我们的心得到大定。

最终，通过“给”“守”“勤”“静”“信”，我们走进安详。

享受安详

从欲望中寻找幸福，犹如缘木求鱼；用物质解决心灵疾患，犹如拿油灭火。

刺激欲望不但不会解决我们的心灵饥渴，反如火上浇油，只有水一般纯净的安详才能真正浇灭燃烧在我们心头的火焰。

盗不走的坦然

事多不怕累，事少不怕闲；人多不怕闹，人少不怕静；位高不怕显，位卑不怕贱；财多不怕富，财少不怕穷。

时时处处，跳出事相之外，以一种观者的姿态，清醒地活着。

挣钱，但在钱之外；做官，但在官之外；从事，但在事之外。

如此，既是一个演员，又是一个观众。

作为演员，要全心全意地进入角色；作为观众，要全心全意地感受角色。

一个出自济世动机的游戏人生者，就是安详的人了。

而无论是济世，还是游戏，都要以自己明白做保证。

“不迷”，应该是安详最为重要的气质。

如何才能“不迷”？

首先要了解事情的真相，特别是“我”的真相。

我们可能无法相信，通常意义上的“我”是一个假象，但这就是真相。

在这个假象的背后，还有一个真相在。

那个真实的“我”，超然于权力、名望、财富和爱恨情仇，但又可以欣赏这一切；超然于美色、美声、美味、美食、美体之上，但又能够了解这一切。

就像阳光，可以照耀万物，但又超然于万物。

既然“我”是一个假象，那么我们还有必要为之焦虑吗？而人生最大的痛苦正是来自“我”诸多“失”的焦虑。红颜易衰，青春短暂，财富不保，宦海沉浮，人生无常。既然“我”是一个假象，那么这个“失”也是一个假象。

因此，“不迷”就要从认识这个假象开始。

只有如此，我们才能从物理到情理再到真理。

而现实生活中，很多人人生的导向却是想方设法地加固这个假象。

为此，“忘我”变得格外困难。

而我们只有通过“忘我”，才能到达真相。

这就是现代社会的悖论。

既然我们已经明白，生命就是一次播种和收获，那么就没必要焦虑。

种瓜得瓜，种豆得豆。只问耕耘，不问收获。人生应该从这个理解出发。

但知行好事，莫要问前程，前程自会不错。

因为没有哪个长官不喜欢品学兼优的人，而让他们过早出局。

如果一定要让他出局，那也一定是另有重用。

因此，只要是一个心存吉祥的人，就会时时处处获得如意，那么我们就没有必要担忧，为前途，为健康，为生死。

这样的人生，该是多么快乐的人生。

既然我们已经明白，生命的意义就是给人方便，那么“舍”就不再是一种痛苦。

一天晚上，七里禅师在禅堂诵经时，有一强盗手拿利刃进来恐吓道：“把钱拿来，否则我就用这把刀结果你！”

禅师头也不回，安然无事地说道：“不要打扰我，钱在那边抽屉里，自己去拿。”

强盗搜刮一空，正要起身时，禅师说：“不要全部拿去，留一些我明天买花果供佛。”

强盗想了想，扔下几文钱，慌张离去。禅师又说：“收了人家的钱，不说声谢谢就走了吗？”

强盗一怔，说了声“谢谢”，走了。

后来强盗因其他案子被捕，衙差审问，得知他也偷过禅师的东西。可是请禅师指认时，禅师说：“此人不是强盗，因为钱是我给他的，记得他已向我谢过了。”

强盗非常感动，刑满后，特地皈依七里禅师，成为门下弟子。

安详是坦然地活着，坦然来自清醒，来自对真相的明了。

知足的蹄声

终日奔波只为饥，方才一饱便思衣。
衣食两般皆俱足，又思娇娥美貌妻。
娶得美妻生下子，又思无田少根基。
门前买下田千顷，又思出门少马骑。
槽头拴了骡和马，又思无官被人欺。
一品当朝为宰相，还想山河夺帝基。
心满意足为天子，又想长生不老期。
一旦求得长生药，再跟上帝论高低。
不足歌不足歌，人生人生奈若何？
若要世人心满足，除非南柯一梦兮。

此古谣是说人的欲望是没有止境的。

如果一个人把追求欲望的满足作为幸福，那么幸福就永远跟他捉迷藏。就像一个人骑着幸福的驴拼命寻找幸福，最后把驴都累死了，却不知道幸福是什么。

幸福就在当下，就在驴背上，就在驴的一摇一晃里。注意，是每一摇、每一晃。

就在驴的蹄声中，注意，是每一声，注意，是这一声。

就在驴的脚印里，注意，是每一个，注意，是这一个。

我们却浑然不知。为什么？因为驴蹄才在“饱”上，可我们的目光已经在“衣”上；驴蹄才到“衣”上，可我们的目光已在“容”上；驴蹄刚到“容”上，可我们的目光已在“轿”上……

目光和蹄永远不同步、不和谐，分裂就发生了。

精神就是这么发生分裂的。

这一切，都是那个假象捣的鬼，都是那个“我”在作祟。

而打鬼的前提则是对鬼的识破。

当一个人“忘我”时，那种不知足就变成一种随缘。所谓“达则兼善天下，穷则独善其身”，就是说，如果社会给我奉献的机会，我就努力去奉献；如果社会不给我奉献的机会，我则完善自己。

焦虑消失了。

喜悦发生了。

“安贫乐道”这个成语告诉我们，只有“乐道”才能“安贫”。

“道”是明白，“安贫”是明白之后的安详。

反过来，也只有“安贫”才能“乐道”，因为道在知足。

“足”离大地最近，也离我们自己最近，它是离我们最近的“蹄声”。

当喜悦成为习惯

安详本身就是喜悦。

就像月光，无论照在谁家的屋顶上，它的清辉都是皎洁的。

就像清泉，无论用什么勺子舀出来，用什么杯子去喝，它的味道都是甘醇的。

孔子六十而耳顺，说明孔子六十岁时已经被喜悦充满心田，而且是无条件地充满。环境已经无法影响这种喜悦，任何恶风苦雨已经无法影响这种喜悦。

庄子能够在爱妻去世时鼓盆而歌，说明他的喜悦已经超越了生死，或者说，就连生死都无法在他的喜悦之海中激起一丝涟漪。

佛陀可以坦然地接受婆罗门吐在他脸上的口水，说明他的喜悦已经大到可以把口水忽略不计。

相传大学士苏东坡被贬到江北瓜洲时，和仅一江之隔的金山寺住持佛印交情甚笃，两人经常在一起高谈阔论。

一日，他自觉修持有得，即撰诗一首："稽首天中天，毫光照大千。八风吹不动，端坐紫金莲。"再三吟咏，颇为自得，便派书童过江，送给佛印印证。

岂料佛印阅毕，只是莞尔一笑，不疾不徐地批了两个字，随即交给书童原样带回。

欣然等待佳音的东坡居士，以为佛印定会赞叹一番，急忙开封。

万万没有料到，诗稿上面被歪歪斜斜地批了"放屁"两个大字。苏东坡非常愤怒："岂有此理！本居士一定要讨个公道。"随即叫书童备船渡江。

船刚靠岸，便发现佛印身边的一个小和尚已经含笑相迎了。小和尚说，他家师父今天行脚在外，让他把这封信转给大居士。

苏东坡展信一看，就傻了眼。

只见信上写着："八风吹不动，一屁过江来。"

苏东坡恍然大悟，面红耳赤，惭愧不已。

夸口“八风吹不动”，竟然“一屁过江来”，东坡与佛印的修持，孰高孰低，不言自明。

看完这个故事，许多人都会取笑东坡居士，却很少有人取笑自己。

细究起来，我们可能天天都在“过江”呢，弄不好可能一天要“过”无数次“江”呢。

那是因为我们的心里有太多的风，有远比东坡居士多得多的风。

识破“八风”（利、衰、毁、誉、称、讥、苦、乐），是收获喜悦的关键。

忍人所不能忍，行人所不能行，成人所不能成。

当喜悦成为习惯，这个“忍”都没必要了。

当一个人在任何情况下，都能处在喜悦中，那他就是真正的富翁、真正的王、真正的仙了。

还求什么？

对于生命来说，喜悦难道不是全部的意义吗？

那么，不管从事什么，不管身在何地，只要我们在收获喜悦，不就在最大的实现中吗？

请问，除过喜悦，我们还要实现什么？

我们追求财富，不就是追求财富带来的喜悦吗？

我们追求权力，不就是追求权力带来的喜悦吗？

我们追求爱情，不就是追求爱情带来的喜悦吗？

我们追求荣誉，不就是追求荣誉带来的喜悦吗？

可是，如果我们在当下就能充满喜悦，那为什么还要舍近求远？

我们追求的，不就是这个“满”吗？

如果我们在当下就能把喜悦的坛坛罐罐装得满满当当的，还需要起早贪黑地去千里之外挑桶水回来吗？

现在，我们已经沉浸在喜悦的大海里，我们还需要不辞辛苦地去江河里再挑一担水来沐浴吗？

可是，现代人不就在乐此不疲地干着身在大海还觅江河的事吗？

生命因为太多的多此一举而憔悴不堪，而疲于奔命。

奔命，成了现代人的生动写照。

因为这个“奔”，我们和大地错过，和岁月错过，和时间错过，和喜悦错过，最终和生命错过。

生命成了一个大大的亏损。

不管我们绘制多么宏伟的蓝图，从事多么伟大的事业，如果属于喜悦的账面上有出无进，那么我们肯定在

和生命错过。

我们的两眼应该紧紧盯着喜悦开盘，这样的股才是“牛股”，这样的市才是“牛市”，否则，等待我们的肯定是“错过”。

流自源头的美

疾病来自安详的缺失，或者说是安详的短路。

安详不在现场，就像一个人灵魂一旦离开，身体就要开始腐烂。

安详是健康的灵魂。

安详不但能够使自己健康，使自己灿烂，更能使他人健康，使他人灿烂。

因为安详会“传染”。

有研究结果显示，人的恐惧情绪能够散发出气味并且为他人所感知。恐惧和焦虑会促使身体分泌特定的化学物质，而且其他人在闻到这种气味后，能对这种恐惧或者焦虑感同身受，产生“移情”。

德国杜塞尔多夫大学的贝蒂娜·波塞博士和同事做了这样一个实验：

他们邀请四十九名学生志愿者，让他们在参加大学口语考试前在腋下夹脱脂棉垫，收集考试期间分泌的汗液；以同样方法收集四十九名学生平时骑自行车锻炼时所流的汗液。随后，研究团队请另外二十八名志愿者嗅闻这两种棉垫，同时借助核磁共振成像技术分析他们的脑部活动。大脑扫描发现，当志愿者闻到“恐慌汗”时，大脑中掌管情感和社交信号的区域活跃程度比他们闻“锻炼汗”时要高得多，而且与“移情”相关的部分区域也受到了影响。

可见，群体中若有人恐惧，他释放出的恐惧气味，能导致这群人出现不同程度的恐惧情绪。

近年，有科学家发现，来自焦虑者身上的气味可以激发人群其他人的脑部恐惧相关区域的反应。

而莱斯大学心理学家丹尼斯·陈 1999 年进行的试验似乎更能说明问题：让一组志愿者嗅闻看过恐怖电影和喜剧电影的人的汗水，超过半数的人可分辨出哪些是看了恐怖电影的。参与者称，看了恐怖电影的人的汗水气味更强烈、更难闻。

如果这些实验的结果准确，那么我们可知，不单单病毒会成为传染源，焦虑也会成为传染源，恐惧也会成为传染源。

如此，安详也可以成为“传染源”。

如果全人类都成为一个安详的“传染源”，那么这个世界该是什么样子？

其实这个道理老祖先早就发现了，他们讲“境由心造”，病也由心造；他们还讲“一人得道，鸡犬升天”，若从其本义而言，在我看来，就是一人获得安详，全家都跟着沾光，周围的人都跟着沾光。

安详本身是大美，因为美在源头，而安详则是从心灵源头流出的清泉。

为什么有那么多学生愿意终生追随孔子？有许多答案，在我看来，最重要的，应该是孔子获得了安详，他的身上有一种安详之美，有一种来自安详的磁力。

佛陀是世间第一美男子，连阿难看到都喜欢。佛经上讲，阿难就是看到佛陀的相太好了，心想，这相绝对不是父母所生的，一定是他修来的，我也想有跟他一样好的相。所以出家，跟佛陀学习。

佛陀的美，当然来自安详。

一个安详的人，不需要唱念做打，不需要丹青渲染，不需要起承转合。他坐在那里，本身就是美了，就是一台让人百看不厌的大戏了，就是一本让人百读不厌的大著了。

如水的清明

茶杯刚喝完就洗，在清水中冲一下就可以了。但是过上一会儿，就需要茶巾了。过上一天，茶巾都没办法了。

这让我蓦然想到时间，结在杯子上的，不是茶垢，而是时间，一种非当下的时间。

由此想到古人为什么强调要回到当下，因为回到当下是对时间的最大礼敬，而延误了的时间即变成了“业”，它的功能是“障”，这也许就是民间“业障”一词的含义吧？

再漂亮的杯子，由业所障，也变得丑陋了，甚至失去本来面目。

这让我想起神秀的偈：身是菩提树，心如明镜台。时时勤拂拭，勿使惹尘埃。

因为有慧能做对比，我曾经觉得神秀的这首偈不怎么样。但是现在看来，神秀已经了不得了，而且他的药方可能更适合我们。因为更多的人根本无法做到真空，而只要“有”在，就不可能不染尘，因此还是“时时勤拂拭”靠得住。

慧能的“菩提本无树，明镜亦非台。本来无一物，何处惹尘埃”，妙是妙，却让我们无法企及。

明珠之所以蒙尘，是因为它没有一双除尘的手，为此明珠不明。

那么生命呢？一个双手被绑的人是无法为自己松绑的，就像一支沉睡的蜡烛无法自燃。为此，“对方”就显得重要，火种就显得重要，已经解脱的人就显得重要。

绳子何尝不是另一种尘垢？沉睡何尝不是另一种尘垢？

它是何时落在我们身上的呢？

我们又是如何落入它的圈套中的呢？

我们找不到答案，因为我们的心上满是尘垢。

尘是最不起眼的最容易让人忽略的东西，但正是这种不起眼，让我们不知不觉地蒙上了眼睛，一双蒙尘的眼睛当然看不到真相。

一颗蒙尘的心灵呢？

尘是落的，垢是结的；尘是无法避免的，垢是可以避免的。因此尘可以借助吹气扫除，垢则需要水了。这让人不由想到水，假如这个世界上没有水——

剩下的话都无须说了。

水，一个多么盛大的慈悲。

水不能洗水，尘不能染尘。

一个多深多大的奥妙啊！

水为什么不能洗水？因为水是无分别的，准确些说是无法分别的，是“一”，一滴脏了，所有的水都脏了。

水是无法把其中的任何一滴脏水从中清除的，因为一即亿。

这个秘密真是太大了，大得让人胆战心惊。

那么怎么办呢？只有防微杜渐，只有从“防”做起。

这就回到尘。

但尘几乎是无法避免的，为此，除尘显得必需。

剩下的事情，就是除尘了。

甚至可以说是全部。

尘为什么不能染尘？还是因为尘是无分别的，只要是尘，不论你是哪路来的，姓甚名谁，都是一样的。

为此，尘就有机可乘。

因为前尘，后尘得逞；因为后尘，前尘得逞。

这个天大的掩护，就打到底了。

只要是尘。

这个世界上最可怕的尘垢，可能就是不洁的文字。它们不经意落入我们心田，积久成垢，再久成岩，洗也难了。

灵魂往往就是这么窒息的。

即使洁净的文字，假如不能变成水，也是灰尘之一种了。

为此，水性的文字才是地道的文字、善的文字。

而要把文字变成水，或者说让如水的文字流布人间，需要怎样的一种心泉？

由此观之，一直争论不休的真假文学之辩，也许就有了依据，同时也变得明了起来。

尘是无法避免的，只要我们在时间里。

那么洗就成为生命的必需。

那么如水的文字就成为生命的必需。

那么生产净水的人就成为生命的必需。

那么，文学还会死吗？

那么，安详还愁无人问津吗？

活在当下

日月是喜悦的，那是因为它对大地的爱。

大地是喜悦的，那是因为它对万物的爱。

爱是奉献的代名词。

那么奉献就是喜悦的代名词。

如果一个人没有品尝过奉献的喜悦，那他等于没有品尝过生命。

奉献差不多是进入喜悦的唯一途径。

而回到当下，回到本分，就是最大的奉献。

回到当下意味着首先点亮自己手中的蜡烛，而一个人只有首先点亮自己，才能点亮别人。

回到当下意味着首先让自己手中的这份工作获得圆满，当每一个人手中的工作都获得圆满的时候，世界该是一个什么样子？

回到当下意味着放弃争夺，意味着给别人一份安全。若世界上所有的人都回到当下，请问，还会有掠夺，还会有战争吗？

这个社会之所以纷乱、动荡、多事，就是因为太多的人没有回到当下。

尽日寻春不见春，芒鞋踏遍陇头云。
归来笑拈梅花嗅，春在枝头已十分。

这是宋代一位尼姑的诗作。

“尽日寻春”“芒鞋踏遍陇头云”，这不正是现代人的生活写照吗？

可结果却是“不见春”。

就在人们“归来”时，却发现“春在枝头”，而且“已十分”。就是说，“一分”至“九分”我们已经错过。梅花并不因为主人浪迹天涯就不盛开。

这首诗告诉我们，生命本身就是一种勃勃生机，可是我们却每每错过。

这首诗告诉我们，春色就在家里，就在最近的地方，可是我们却偏偏要向外去求。

这首诗告诉我们，永恒幸福不是向外能够找得到的。

从喜欢并享受当下的生活进入喜悦，从喜欢并享受当下的工作进入喜悦，从喜欢并享受当下的家庭进入喜悦，从喜欢并享受当下的团队进入喜悦……

不要分别，不要觊觎，不要好高骛远，因为喜悦不在工种中，不在贵贱中，不在高低中，不在早晚中。

喜悦不喜欢分别，喜悦是平常心开出的花。

喜悦来自全然地接受生活。

全然，决不挑肥拣瘦，决不厚此薄彼。

因为不挑肥拣瘦，我们的目光是通畅的，我们的心灵是通畅的，喜悦随之得以通畅。

当我们挑拣时，喜悦短路了，这时心灵被挑和拣占着，而挑和拣是没有止境的。跟着它，我们会一直找不到尽头，会走失，会找不到回家的路。

世界上最大的痛苦就是选择，就是挑肥拣瘦。

阳光不挑肥拣瘦，因此阳光永恒。

大地不挑肥拣瘦，因此大地永恒。

没有哪个父亲会因为大儿子个子高就喜欢他，因为二儿子个子矮就不喜欢他。

没有哪个母亲会因为大女儿漂亮就爱她，因为二女儿不漂亮就不爱她。

因为爱是平等的。

爱是最大的喜悦。

从今天开始，从现在开始，试着对我们当下的工作、当下的环境、眼前的人、眼前的事，包括一杯茶、一页纸、一支笔，连同一枚图钉、一个螺帽，真诚地说一声“我喜欢你”，体会一下发生在我们心间的感觉，然后不断地积累这种感觉，再细心地打量你的人生，看看会有什么变化。

素食伦理

小城的第一家素食店开张了，朋友请我去尝鲜。菜上来的时候，我傻眼了，这是什么素食啊？鸡鸭鱼虾样样俱全！餐后，朋友问和其他店的饭菜相比如何。我说差不多，只不过这鱼好像没有刺，鸡骨头好像不硬。

朋友大笑。

就这样，我度过了一个“愚人节”。

之后才知道这些鸡鸭鱼虾全是假的，它们的本质是豆制品。

同样的原料，却做出了五花八门的美味，满足了我们的“看”，也满足了我们的“尝”。

随之悟到了一个重要的道理：

原来，所谓的美食压根儿就是一个欺骗，我们津津乐道的就是那个欺骗。世界上最高超的厨师，原来就是最高超的“骗子”，而我们却是那么乐意“上当”。

伙同这些美味欺骗我们的是我们的舌头，它“里通外国”；还有我们的眼睛，它也“里通外国”。

如果我们把形形色色的人比作这些鸡鸭鱼虾，那么内里应该有一个相同的本质，就是那个原料，就是那个豆。

这让我想到“性相近，习相远”的“性”。

而给我们提供了不同味道的调料和工艺的，应该就是这个“习”。

如果我们找不到这个本质，那么我们所做的一切都在欺骗中打转，都是欺骗的堆积。

因了这个欺骗，我们离原味越来越远，离本质越来越远。

最终，我们在长长的欺骗链中丧失了辨别真假的能力，再也回不来了。我们有舌头，却已经丢失了“舌头”；我们有眼睛，却已经丢失了“眼睛”；我们有耳朵，却已经丢失了“耳朵”；我们有鼻子，却已经丢失了“鼻子”。

我们只能认假作真了。

由此追想，这个世界上有两种食品：一种是不需要

调料就可以吃的，苹果从树上摘下来，不需要添加调料，就可入口；但是另一种不行，比如羊肉，没有谁喜欢吃生羊肉，也没有几个人喜欢吃没有添加调料的熟羊肉。我们吃羊肉，其实已经跟羊肉无关，我们吃的是那些调料，那个欺骗。

那么我们为什么不单单吃调料，而要宰杀那么多无辜的生命？

为此要向素食店的创办者致敬，既满足了人们的欲望，又让许多生灵免遭杀戮，真是功德无量。

如果我们足够细心，就会发现，一杯白开水也是非常香甜的，甚至它的香甜程度超过饮料；白米饭也是非常可口的，甚至它的可口程度超过大鱼大肉。可是，人们却不愿意相信这一点，往往舍近求远，买椟还珠。

我们已经不知道什么是“味儿”了，我们尝到的都是一种猛烈的调料和工艺味儿，品尝本味的味觉丧失，再也回不到本味上去了。越是如此，越需要猛料，于是猛料一路升级。

离开了这些变换着花样的猛料，我们再也品尝不到生活本身的美味，于是有了五花八门的餐厅，五花八门的中心，五花八门的俱乐部，五花八门的夜总会，五花八门的网吧、茶吧、水吧、冰吧、摇吧、蹦吧、浪吧，甚至“毒吧”。这些东西的兴盛，本身说明生命的萎缩，说明生命的不自信、不自知，说到底是人们快乐能力丧失的表现。

为此，原料不值钱，调料和工艺值钱；真的走投无路，假的大行其道。

生活就是如此变得粗糙起来，但人们不认为这是一种粗糙，反倒把它叫创造，叫时尚，叫情调，叫酷。

岂不知这一切最后都变成一个“苦”，因为它们不是快乐的“源”，不是“种子快乐”，不是“根本快乐”。

由于太厚太厚的遮蔽，他们无法知道，“根本快乐”在“源”那里，在安详那里，在最基本最朴素最天然的生活“现场”里。

所以说，认识“根本快乐”的过程，其实就是向回走的过程，就是跟欺骗作斗争的过程，就是回到原料的过程，这就需要我们清除“汉奸”，清除“狗腿子”。

但看看现在，人们都在做什么？都在想方设法提高那个欺骗的水平，都在想方设法把你带离“老家”，都在想方设法培训“汉奸”，培训“狗腿子”。美其名曰：

生活的品质，生命的格调。于是，“创意”产业成了最赚钱的产业，“策划”公司成了最赚钱的公司。甚至，“创意”和“策划”成为生活本身。

谁来揭穿这一点？

颜回大概很早就看破了这一点，才能“一箪食，一瓢饮，在陋巷，人不堪其忧，回也不改其乐”。因为他知道，在这个身体之外，还有一个本质在。身体是生命的原料，却不是最本质的原料。因为他明白，生命的长度不能说明生命的质量。颜回在短暂生命里体会到的快乐，是我们一生也难以比肩的。

错过是罪

“感知”是一个词，却包含着两个境界：感和知。感是心灵的冷暖，知是客观的认识。一个来自生命的天然，一个来自课堂和书本。现在的孩子，“知”多“感”少，甚至有“知”无“感”。

而生命的质量恰恰来自“感”。

儿子喜欢在吃饭时和我说话，但我常常扫他的兴，提醒他“吃饭时吃饭”。我说，如果你跟我说话，一碗饭吃完了，都不知道它是什么味儿，第一辜负了你妈妈的劳动，第二辜负了粮食。一粒米来到你的面前，来到你的碗里，对你来说只是一粒米，但对那粒米来说却是它的一生，我们怎么能够漫不经心地让它滑到我们的胃里去呢？

错过是罪。

想想看，一位故人，不辞辛苦，千里迢迢来看你，可是你却爱搭不理，他该是一种什么感受？

何况一粒米，一杯茶，是用它们的整整一生来赴约，可我们居然漫不经心毫无感觉地就把它们打发了，它们该是多么伤心。

我常跟儿子说，专注在饭的味道上，专注在水的味道上，品味，进入那个味儿，我们就会从中看到平时拿着巨额门票都看不到的风景。我们就会发现，原来白米饭和菜一样香甜，甚至比菜的味儿还要周全，还要盛大，还要丰富；我们就会发现，白开水的味儿要比茶、比可乐的味儿还要周全，还要盛大，还要丰富。如此日久，我们就会发现，在别人看来可能百无聊赖的日子，之于我们，远比那些所谓轰轰烈烈的日子的味儿还要周全，还要盛大，还要丰富。

吃是如此，睡也同样。有不少人习惯在阅读中睡去，有不少人习惯在音乐中睡去，更多的人则在心事中睡去。大概没有几个人愿意在“睡”中睡去，甚至没有几个人听着心跳睡去，就是说，我们压根儿就没有进入我们的“睡”。我们还是错过，错过了生命最悠长的“味儿”。

如果在吃饭时错过吃饭，在睡觉时错过睡觉，我们就必然在快乐时错过快乐，在幸福时错过幸福，甚至在爱时错过爱，在活着时错过活着。

看上去我们错过的是一粒米，其实我们错过的是生命，是宇宙。

看上去我们错过的是心跳，其实我们错过的是时间，是本质。

“吃饭时吃饭，睡觉时睡觉。”细思量，这两句话中，饱含着多大的智慧啊！

人生最大的快乐来自安详，随缘是安详之门；而要随缘必须自在，要自在必须放下，要放下必须看破。

放下什么？放下“假”；看破什么？看破“假”。

可是现今社会却在鼓励人们执着，加固人们的执着，加固那个“假”。许多人在非自然状态中，在追逐通用价值“权、名、利”的奋斗中迷失了自己。

人们共同的体会是离幸福越来越远。

从欲望中寻找幸福，犹如缘木求鱼；用物质解决心

灵疾患，犹如以油灭火。

刺激欲望不但不会解决我们心灵的饥渴，反如火上浇油，只有水一般纯净的安详才能真正浇灭燃烧在我们心头的火焰。

人生最大的悲剧莫过于开着幸福之车却拼命寻找幸福，最后把车子都开爆了，仍然不知道幸福是什么。

幸福是自在。

什么是自在？本来就在。可是我们却要拼命从本来之外去寻找，向外的寻找变成一种反随缘。

缘是什么？相对于种子来说，缘是土壤；相对于鱼来说，缘是湖海。如果鱼进入土壤，就是不随缘；如果种子进入湖海，就是不随缘。

但是看看现代人，拼命经营的是不是让种子进入湖海，让鱼进入土壤？

我们口口声声说随缘，但是我们真正懂得“缘”吗？

缘是一个规律背后的规律，要想弄懂它，就得首先弄懂“因”，弄懂种子和鱼，只有如此，我们才不至于张冠李戴，才不至于饮鸩止渴，才能够“从心所欲，不逾矩”，才能进入一种大安详。

向孔子学习安详

在陈蔡之地，在月黑风高的夜里，随着夫子的琴声，响起了众弟子“关关雎鸠，在河之洲。窈窕淑女，君子好逑”的合唱。

見說蘇堤晴未穩便懶
趁踏青去

在我看来，孔圣一生所做的事大概就是教弟子如何找到安详。“三十而立，四十而不惑，五十而知天命，六十而耳顺，七十而从心所欲，不逾矩。”我想那个“三十而立”，大概就是初证安详；然后他又修行了三十年，通过不惑、知天命，才达到“耳顺”境界，应该是无漏安详；“七十而从心所欲，不逾矩”，就是究竟安详了。再看有关孔子家族的报道，两千多年绵延不绝，我想这可能就是安详的绵延不绝，他的子孙从他那里继承下来的不是金银珠宝，而是万贯安详。那部《论语》本身，就是一个大安详源。由此推论，中华民族几千年的绵延不绝，也是安详的绵延不绝。又想，四大文明古国中，只有追求安详的国家存了下来。

“学而时习之，不亦说乎？有朋自远方来，不亦乐乎？人不知，而不愠，不亦君子乎？”在我理解，就是只有把安详理念拿到生活中去实践，我们才能体会到实实在在的喜悦，如此，自然会有朋自远方来，因为通过口耳相传，大家都知道我这里有喜悦的宝藏，当然会前来掘宝。而一个真正拥有了大喜悦的人，是不在乎是否被别人知道的，因为生命的意义就是获得喜悦，现在，我已经得到了，怎么会在乎他人是否知道呢？如果还在乎他人是否知道，那说明他的心还没有被喜悦占满，说明他获得的喜悦还是不圆满的、有缝隙的、有漏洞的、有杂质的，一句话，还没有真正找到安详，还需要进一步“学而时习之”。

走向“反动”

众所周知，孔子的核心思想是仁。那么到底什么是仁？千百年来，仁者见仁，智者见智，至今没有定论。在我看来，它和“反动”大有牵连。

“颜渊问仁。子曰：‘克己复礼为仁。’”怎么理解？

关键在“克己”。如果从字面上理解，这两个字非常简单，就是战胜自己。而战胜自己的什么？众说不一。我的理解是，自己身上什么最难以管束，就战胜什么。

比如各种感官享受，比如自私、贪婪、嗔恨、嫉妒、傲慢、懒惰等。假如我们把这些难以管束的东西称为生命的惯性，那么“克己”的过程就是战胜生命惯性的过程。

人的成长过程从一定意义上说是一个不断被污染的

过程，所谓“人之初，性本善”，而且彼此“性相近”，只不过因为“习”而“相远”。这个“习”在我理解就是生命的惯性，它来自欲望，来自后天的污染。因此，“克己”就是一个往回走的过程，克服生命惯性的过程，“反动”的过程。

由此，我认为，“反动”在古代应该是一个褒义词。

它的最早出处我没有考证，但老子的《道德经》有言：“反者道之动。”

老子常拿婴儿喻道，他说，你看那初生的婴儿成天啼哭嗓子却不嘶哑；你看那小拳头紧紧攥着，连大人都掰不开。一切看上去都是美不可言，为什么？

因为他是当初，当初最美，当初也最有生命力。婴儿脑海里想的是什么，我们不知道，但是有一点是肯定的，那就是他没有过分的欲望，没有房子、票子、车子、位子和美女，包括自我实现等马斯洛讲的人的五种需要，在小肚子吃饱的情况下，他更多的是处在安详和自足里，可谓大自在。

但这个“克”说起来容易，做起来却非常难。

就像人们明明知道抽烟有害，戒之却难；明明知道酗酒有害，戒之却难；明明知道贪污有罪，戒之却难。

古人把人的这种后天“习气”形容为“飓风”，一点也不过分。许多时候，我们明明知道某件事是错的，不合道的，但就是忍不住去做，那个惯性真是太强大了。“习相远”，正是这种像飓风一样的“习”，使我们的“性”不再“相近”。

为此，孔子才要我们“克己复礼”，才要我们向回走。

我一直在想，释家为什么那么看重莲花。直到有一天站在一个烂泥塘边，我才明白：

莲是花里面的行者，它是一种会修行的花，一种会“克己复礼”的花。它生在污泥当中，长在污泥当中，却能够保持自己的高洁。我们可以想象它是如何打扫心里的污泥浊水，如何保护它的身口意的。对于莲来说，能够在污泥中完成它的成长、绽放、盛开，已经足够。至于是否有人观赏，那已不是它的事。

“雁过潭不留影，风过竹不留声。”乍一看，这两句话是在说雁，在说风，但其实，我们都上当了，它明明是在说潭和竹啊！雁飞过，风刮过，对于潭和竹有什么意义呢？潭和竹的高明之处在于它们什么都不留。故而雁才能飞过，风才能吹过。多少年来，它们一直是雁的路，是风的路，而雁和风却全然不知。

莲为我们做出了“保持”的榜样，潭和竹为我们做出了“坚守”的榜样。

而从一定意义上讲，要想保持和坚守就得向回走，因为只有向回走才能把“根”留住。

两个指标

在“克己”方面，颜回是一位成功的实践者。

三千弟子中，孔子最喜欢的就是颜回了。《论语》中有多处孔子对颜回的赞美，大家最熟悉的是：“贤哉，回也！一箪食，一瓢饮，在陋巷，人不堪其忧，回也不改其乐。贤哉，回也！”孔子甚至这样在子贡面前夸颜回：“弗如也，吾与女弗如也。”连他自己都不如颜回，这个评价够高了。但我特别看重的却是另一句赞美：“哀公问：‘弟子孰为好学？’孔子对曰：‘有颜回者好学，不迁怒，不贰过。不幸短命死矣，今也则亡，未闻好学者也。’”

孔子赞扬颜回的两个依据是“不迁怒”“不贰过”。孔子认为，他的三千弟子中，能够做到这两条的，除了颜回，没有第二个人了。

孔子为何如此重视“迁怒”？

有了生活阅历，才发现孔子简直是太伟大了，才发现是否动怒是衡量一个人修养的极重要指标、极重要尺度。

孔子在《论语·为政》篇中讲，“吾十有五而志于学，三十而立。四十而不惑，五十而知天命”，直到六十岁才“耳顺”。就是说，他从十五岁开始“克己”。一直“克了”整整四十五年，到六十岁的时候才“耳顺”。

什么叫“耳顺”？在我理解，就是荣辱不惊，就是别人赞美你的时候你开心，别人咒骂你的时候你也开心。

在众多需要我们“克”的惯性中，最难的是爱面子，也就是说人最难过的是面皮关。当一个人能够在被别人侮辱的时候不发怒，说明他的面皮关已经过了。

士可杀不可辱，说明受辱比受杀难。从这个意义上说，受辱是一个已经超越了生命本身的概念。释道两家说如果“杀身成仁”为“仁”，那这个境界还不究竟，还是一个限量境界，还有一个“杀身以求成仁”的“求”

在。如果一个人不是为了苍生，不是为了大众，而仅仅是为了“仁”而杀身，那还不圆满，还是贪，还是自私，只不过它更隐蔽，但是仍然需要“克”。甘地说，真正谦逊的人意识不到自己的谦逊。可见这个“克”是一个了不得的功夫。

再比如，子贡曰：“贫而无谄，富而无骄，何如？”子曰：“可也，未若贫而乐，富而好礼者也。”

子贡所言还是小我，还暗藏着有求，还在有为里，还在执着里，还有一个对比的外在对象在，是“贫时不怎么，富时不怎么”。而孔子所言则是大平常心了，贫时向内求乐，富时向外施爱，仍然是乐，是“贫时怎么，富时怎么”。一个是否定，一个是肯定，功夫却差了十万八千里。

当一个人能够真正做到“耳顺”，说明他的小我已经没有了，大我也没有了，既然什么都没有了，当然不可能有那个动怒的“我”了，自然也就没有那个“怒”了。

一次，佛陀在树下禅坐，一位婆罗门气急败坏地上前大骂佛陀，随侍在旁边的阿难听到后心里很不舒服，可是佛陀却如如不动，非常平静。婆罗门见状怒不可遏，用力吐了一口口水在佛陀的脸上，反身而去。回家的路上，婆罗门想起自己刚才的粗言恶行，相对佛陀的平静，感到很羞愧，又转回去向佛陀忏悔。

佛陀笑答：“昨天的我，已经过去了；未来的我，还没有到；当下的我，刹那生灭。请问你要向哪一个我道歉呢？”佛陀认识到世间万法本是“缘起缘灭”，所以能以平常心去对待婆罗门无礼的谩骂。

生活中，迁怒伤身；工作中，迁怒误事；治理国家中，迁怒甚至可以亡国。

这方面的例子举不胜举，刘备就是一个。当时蜀国举兵伐吴，就是典型的迁怒，结果被火烧连营。司马懿则修到家了，诸葛孔明以女人衣羞辱他，他也不动怒，不发兵，所以最后得天下的是司马家族。

虽然这是小说演义中的“三国”，但也可以看出作者对人生境界的一种理解。

“不迁怒”如此，“不贰过”就是更高深的境界了。

先哲认为，人的一生要完成八万四千个功课，才能圆满毕业。如果一个人在一件事上犯同样的错误，那就意味

着有一个功课永远完不成了，所谓不圆满，就是指这个。

假如太阳在它的轨道上稍微打一个盹儿，那太阳系就要出问题。这个世界上之所以有时间、有历法，就是因为我们拥有一个永远“不贰过”的太阳。手表是我们每个人的必需品，但是很少有人想过，它是太阳“无过”的成果，那永不停歇的嘀嗒嘀嗒声，其实是对太阳的礼赞。

当然，人非圣贤，不犯错误是不可能的。问题是，一个错误犯了，立即改掉，就没有错误；如果不改，就是两个错误；如果再犯，那就不是用倍数能够计量的了。

故而曾子说：“吾日三省吾身——为人谋而不忠乎？与朋友交而不信乎？传不习乎？”（《论语·学而》）这个“三”，并不仅仅是说曾子一天要三次反省自己，而是说要时时刻刻地反省，看自己是否在道中、在仁中，即“君子无终食之间违仁，造次必于是，颠沛必于是”（《论语·里仁》）。就是说，如果你一顿饭的工夫离开仁，那你已经不是君子了，就是“罪人”了。一个人只有时时刻刻在仁中、在道中，才能做到“不贰过”，否则就会给自己留下“非仁”的缝隙。而只要有缝隙，强大的狡猾的生命惯性就会乘机而入。

一个人能够做到“不贰过”，说明那个人心中已经是一片“仁”的晴空了。而一个人只有处在一种绵延不断的仁中，身心才能得到大滋养，对于外界，也才能随处结祥云。

就像打太极拳，如果一套拳打下来，能够做到“意”始终不断，身心就会感到通泰；假如“意”断掉，就会觉得特别难受，比不打还难受，就像身心被什么分割了一样。打过太极拳的人都知道，要从“坚守”过渡到“不守而守”，再到“随心所欲”，需要一个漫长的训练过程。颜回能够做到“不贰过”，就意味着他人生的太极拳已经没有那个“断”，而是“不守而守”了。

为了训练这个“守”，先贤们有许多办法，比如头顶一碗水长时间站着，比如在悬崖上走钢丝。假如有一丝杂念，前者就会洒水，后者就会葬身深渊。

我们的一生，又何尝不是顶水而立？何尝不是走钢丝？因此，古人才用“战战兢兢，如临深渊，如履薄冰”来形容人生。

一个标准

子曰："参乎！吾道一以贯之。"曾子曰："唯。"子出，门人问曰："何谓也？"曾子曰："夫子之道，忠恕而已矣。"（《论语·里仁》）。

假如我们把"忠恕"拿到现实生活中经世致用，不妨理解为将心比心，设身处地。

事实上，一个人能够真正做到设身处地，恐怕已经离君子不远了。

当发动战争者能站在难民的角度考虑问题，这个世界上的战争会减少一些；当开发者能站在自然的角度考虑问题，生态失衡的状况会改变一些；当包工头能站在民工的角度考虑问题，拖欠工资的现象会减少一些；当管理者能站在被管理者的角度考虑问题，被管理者也能够站在管理者的立场上做事，对抗肯定会大幅度下降；当丈夫能站在妻子的角度考虑问题，妻子也能站在丈夫的角度考虑问题，家庭矛盾肯定会大幅度减少，离婚率肯定会大幅度下降；当父母能站在儿女的角度考虑问题，儿女也能站在父母的角度考虑问题，真正的父慈子孝才会发生；当老师能站在学生的角度考虑问题，学生也能站在老师的角度考虑问题，真正的尊师重教才会发生……

设身处地，应该是“夫子之道”一个最为重要的标准。

曾看到这样一个故事：

无著是4世纪最著名的印度瑜伽士。他进入山中闭关，专门观想弥勒，热切希望能够见到弥勒，从他那里接受教法。无著极端艰苦地做了六年禅修，可是连一次吉兆的梦也没有。他很灰心，以为他不可能达成看见弥勒的愿望，于是放弃闭关，离开了闭关房。

他在下山的路上走了没多久，就看见一个人拿着一块丝绸在磨大铁棒。无著走向那个人，问他在做什么。那人回答，我没有针，想把这根大铁棒磨成针。无著惊奇地盯着那人看。他想，即使那人能够一百年内把大铁棒磨成针，又有什么用？但又一想，人们居然能够如此认真地对待这种看起来荒谬透顶的事，而自己在做真正有价值的修行，还如此不专心，于是调转头，又回到闭关房。

三年又过去了，还是没有丝毫见到弥勒的迹象。无著心想，看来此生和弥勒无缘。因此，又离开了闭关房。

不觉间，到了一个摩天巨石下，看见有一个人拿着一根羽毛浸了水刷石头。无著问，你在做什么？那人回答，这块大石头挡住了我家的阳光，我要把它弄掉。无著甚感讶异，对自己的缺乏恒心感到羞耻，于是，又回到闭关房。

可三年又过去了，仍然没有一个好梦，这下子他完全死心了，决定永远离开闭关房。在下山的路上走了没多久，他看到一只狗躺在路旁，整个下半身已经腐烂，布满密密麻麻的蛆。

无著的心中一阵难过。他从自己身上割下一块肉，拿给狗吃。然后蹲下来，想把狗身上的蛆抓掉。但又想到，如果用手去抓蛆的话，会把它们抓死，唯一的办法就是用舌头去吮。于是他双膝跪地，看着那堆恐怖的蠕动的蛆，闭上眼睛，倾身靠近狗，伸出舌头。下一秒舌头碰到了地面。他睁开眼睛，那只狗已经不见了，同样的地方出现了弥勒，四周是闪闪发光的光轮。

终于看到了！无著说，为什么从前您不示现给我？弥勒说，你说我从前不示现给你，那不是真的，我一直都跟你在一起，但你心上的积尘挡住了你的视线。你十二年的修行，慢慢除去了这些积尘，使你看见了那只狗。今天，你以难得的慈悲心，清除了残留在心上的最后一层灰尘，终使你如愿以偿。不信你把我扛在肩膀上，看别人能不能看得见。

无著就把弥勒擎在他的右肩上，到市场去，逢人便问，你能看到我的肩膀上有什么东西吗？没有。人们说。只有一个托钵僧说，你把一只腐烂的老狗扛在肩上做什么？无著终于明白，是慈悲的力量清除了他的业障，打通了他和弥勒的通道。于是五体投地，向弥勒顶礼。弥勒就传给他无上的瑜伽法门，使他成为4世纪印度最著名的瑜伽大士。

在此，我更愿意把这个故事看作一个寓言、一个象征。它告诉我们，慈悲是一条道路，一条通往光明、通往真理的唯一通道。

长处乐

一次，儿子问我，这个世界上什么人最快乐？有人说得到爱情最快乐，有人说得到财富最快乐，有人说得到权力最快乐……我说你这个问题提得好，我用孔子的一句话向他做了回答：“子曰：‘不仁者，不可以久处约，不可以长处乐。’”可见，仁是大快乐之源。

我还要帮孔子加一句，不仁者，不可久处美，因为“里仁为美”，住在仁里最美、最享受。曾经沧海难为水，除却巫山不是云。尝过了那个大快乐，一切小情小调就没有多少诱惑了，一切痛苦也是小菜一碟了。

在《论语·述而》篇中，孔子的弟子是这样描述孔子的：“子之燕居，申申如也，夭夭如也。”申者，整饬状；夭者，和舒状。既整饬又和舒，大快乐啊！

看完《论语》，我的脑海里冒出一个句子：大快乐者孔子。他对万事万物看得是那么开，他是那么随缘自在，通情达理，不执着，不僵化，申申如也，夭夭如也，活活泼泼，开开心心，让人看着心生欢喜，所以有那么多弟子愿意终生跟着他。像颜回，为了常和夫子在一起，居然愿意吃粗食，穿布衣，住在高危的房子里而不出仕。如果孔子是一个僵化的老头子，不讨人喜欢的老头子，大家会如影随形地跟着他吗？

孔子师徒在前往楚国的路上被困在陈蔡，粮食吃完了，只能以野菜充饥。后来野菜也没有了，弟子们都愁苦不堪，孔子却兀自在那里抚琴。更让弟子们不理解的是那琴声无比欢快，了无愁情怅绪。

子路终于沉不住气了，就说，都什么时候了，您还有闲情弹琴啊！孔子听了后反问，那你说我应该怎么做才对？子路说，至少不应该现在寻开心吧。孔子说，真正的君子是在任何情况下都不改变他的开心的；或者说只有在任何情况下，包括无饭吃，无房住，甚至被杀头，都不改变他的开心的人，那才是君子。

这是我的演绎。

真实的情况是子路站起来向孔子提问，君子也有贫困的时候？孔子说，这要看你如何理解贫困，一个人如果不能处在道中（里仁），或者说与道无缘，或者说错过了道，那才是真正的贫；而一个人如果因为挫折降低自己求道的志向和追求，那才是真正的困。简言之，无道为贫，失道为困。子路听了夫子的话后，一边惭愧地流泪，一边把琴从孔子的行帐里抱出来，说，夫子，您接着给我们弹吧。

于是，在陈蔡之地，在月黑风高的夜里，随着夫子的琴声，响起了众弟子"关关雎鸠，在河之洲。窈窕淑女，君子好逑"的合唱。从中，我们听到了大富有、大快乐，尽管，他们一个个面如菜色。在我理解，这个"窈窕淑女"，不是别的，就是"仁"，就是"道"。

一个人得到快乐不是一件难事，难的是"长处乐"，永远处在快乐中，在任何情况下都处在快乐中，无条件的快乐。

孔子为什么能够长处乐？

心理学家说，人的痛苦都来自理想和现实的矛盾。其实说得更准确些，是来自物质企图和现实的矛盾，来自想住华屋而不得，想食美味而不得，想求佳人而不得。试想，当一个人把他的生活目标定位为孔子说的“食无求饱，居无求安”，“就有道而正焉”，那他的人生还会有多少烦恼呢？

亚历山大大帝在征服了印度之后，谁都不想见，就想见一下“大乞丐”第欧根尼。他听说第欧根尼一贫如洗，却是天下最快乐的人。

第欧根尼奉行的是大减法原则，他不要房子，不要老婆，不要钱财，甚至连衣服都不要了，最后手里只剩下一个讨饭钵了。

这天，他生命中一个无比重要的“导师”出现了，那是一条到河里喝水的狗。第欧根尼无比震惊地发现，一条狗到河里喝水，居然不用钵！他就把那件最后的“家产”扔到河里去了，狗不用钵能够喝水，我为什么不能？

这个攀比真是精彩至极，第欧根尼把这视作自己的最后革命。

扔掉钵之后，他高兴得在河边手舞足蹈，把那条狗都惊呆了。现在，他终于成了一名地道的无产者。

这天，亚历山大在海边找到了第欧根尼，看见第欧根尼赤身裸体地躺在海滩上晒太阳，就以一种无比优越的救世主的语气问第欧根尼，第欧根尼先生，请问我能为你做些什么？

亚历山大的部下对第欧根尼说，知道他是谁吗？他就是亚历山大大帝。

不想第欧根尼连眼皮都没有抬一下，说，在下没有什么要劳驾您，只是请您往旁边挪一挪，不要把我的阳光挡住了。

亚历山大受到的打击是可想而知的，但他的心里又分明是羡慕和尊崇。杀人如麻的亚历山大带着几分恭敬离开了第欧根尼，他对自己说，如果说我的快乐和富有是河，他的快乐和富有则是海，下辈子，我要做第欧根尼。

这个画面真是有趣：一个是世界的超级富有者，一个是世界的超级贫穷者，但是这时，超级富有者却主动在心里举起了白旗。

造化就是这样平等地爱着他的每一个子民。和亚历山大比起来，第欧根尼的确是穷，但是他却没有被人谋财的烦恼，没有被人谋妻的烦恼，没有被人谋国的烦恼，没有被人谋命的烦恼，他可以在任何地方闭着眼睛睡大觉。

但是亚历山大就不行。他即使睡觉也要睁半只眼睛，他有太多的事在心头。“若无闲事挂心头，便是人间好时节。”他的心头有太多太多在第欧根尼看来的闲事。他有这个世界上最多的财富，怕被人窃；他有这个世界上最漂亮的妻子，怕被人偷；他有这个世界上最大的权力，怕被人夺。尤其可怜的是，他想放弃这一切都不可能，他穷到连想做个穷人都不可能了。他怕一旦失去手中的权力，就有人要他的命。

现在，你说谁是这个世界上最富有的人？这就是英雄和圣贤的区别：王者征服天下，圣人征服自己；王者享受大荣耀，圣人享受大自在。各得其所。一个人只有彻底达到无我境界，才会得到无漏快乐。

当然，我这样称许第欧根尼，并非教唆世人无所作为。事实上很少有人能够成为第欧根尼，我的担心肯定是多余的。但我相信没有人不喜欢第欧根尼，特别是在一个被欲望和速度摩擦得火星四溅的时代，第欧根尼的“反动”无疑是一味清凉剂。

如果说第欧根尼的喜悦来自大无为，那么孔子的喜悦则来自大有为。无为和有为，通过那个“大”相通了。

甘地说：“只有永不停息的信念才能换来真正的休息，拥有从不懈怠的激情才能最终抵达无法言说的平静。”

孔子虽然马不停蹄地在大地上奔波，但因为他的无我和忘我，大地变成了他的海滩，信念变成了他的阳光，马蹄声变成了他的风。

如果我们稍微留心就会发现，孔子身上有一个和第欧根尼扔掉讨饭钵一样无比经典、无比优美的动作在不停地发生：世人心中的那个小家、那个安逸，就像第欧根尼手中的钵，被他一次次扔到生命的逝川里去了。于是，“子在川上曰：‘逝者如斯夫，不舍昼夜。’”

因此说，把人们从欲望中堵住是无用的，当人们找到比欲望更高的享乐时，欲望必然会自动终止。

久存仁

孔子能够长处乐，还因为他的大无畏。

子畏于匡，曰：“文王既没，文不在兹乎？天之将丧斯文也，后死者不得与于斯文也；天之未丧斯文也，匡人其如予何？’”（《论语·子罕》）。

鲁国有个叫阳货的人，在匡地为非作歹，引起公愤，被追缉。这人长得非常像孔子。一天，孔子在匡被宋人误认为是阳货，欲围而杀之，形势非常严峻，弟子们都吓坏了。但孔子却从容如常，他说，你们放心，他们杀不了我的，自文王之后，文化衰落到现在，如果上天有意要让礼崩乐坏，那我该死；如果上天不想断绝这条文化命脉，那我就死不了。

何其坦然！知人者智，自知者明，这是一种大看破。

甘地说，奉献者不必为自己担忧，把一切担忧留给神，奉献者甚至不会为明天储备粮食。

何其相似乃尔！

我小时候特别喜欢风水学，把能够找到的有关风水的书都看完了。谁想最后却发现，压根儿就没有风水，只有德行。种瓜得瓜，种豆得豆，种下瓜绝对收获不了豆，种下豆也绝对收获不了瓜。所谓有福人不睡无福之地，如果功德配睡在福地，死后各种因缘自然会让你睡到那个地方；如果不配，即使睡到龙穴上，也会因为地震什么的让你出局。

有段时间我也喜欢占卜，在当地都小有名气，但是最后还是放下了。同风水一样，一个人的命运是卜不出来的，还得靠奉献去积功累德，还是“瓜豆原理”，所谓“知易者不占，善易者不卜。”

所以古人说：“但知行好事，莫要问前程。”这话真是好。试想一下，当一个人超越了幻想，超越了企图，超越了担心，超越了对技术的诉求，但求耕耘，不索何获，他能不快乐吗？

孔子周游列国的时候，各国都排斥孔子，生怕他夺取政权。唯有在卫国，卫灵公、南子、一般大臣，都对孔子很好。孔子的弟子听了谣言，认为孔子可能要当卫国的国君。一天，冉有跟子贡说，夫子是否真像大家说的那样，要在卫国做王？子贡就去问孔子："伯夷、叔齐何人也？"曰："古之贤人也。"曰："怨乎？"曰："求仁而得仁，又何怨？"出，曰："夫子不为也。"宁为帝王师，不为帝王位。

我越来越觉得，多年来，我们一直都在误读孔子，认为他一生在为出仕奔波；事实恰恰相反，他的不出仕、不得志是"故意"的。他如果想当国君，那太容易了，在当时小国寡民的情况下，他有弟子三千，贤者七十二，其中有像颜回那样的道德家，像子路那样的军事家，像子贡那样的外交家（当时有人问楚王，楚国有这样的人才吗？楚王说，一个都没有），但他就是不那样干。他故意在大地上奔走，他故意不如意。他的身影，让我想起和他遥相呼应的佛陀——那个不做国王要做苦行僧的佛陀。

看《西游记》，一个问题冒出脑海：妖精为什么最爱吃唐僧肉？

问孩子，孩子说，因为吃了唐僧肉能成仙。

为什么吃了唐僧肉能成仙？

孩子说，唐僧吃素，身上有一股芳香味。

我说，那妖精为什么不去吃花，吃牡丹、吃玫瑰、吃菊、吃荷，而要千方百计地吃唐僧？

孩子回答不上来了。

我跟孩子说，唐僧是吴承恩给女人设计的偶像，是吴承恩借妖精表达他的价值观。他告诉人们：

一个男人的真正魅力来自心灵，来自觉悟，来自安详，来自他内心的正直、纯净和强大。

吴承恩还告诉读者，一个没有信念或者说是没有信仰的男人，是不值得女人爱的，一个没有定力的朝三暮四的男人是不值得女人爱的。

唐僧能够受到妖精青睐，正是因为他无求于妖精，也无媚于妖精。他修的是称法行、无所求行，更难得的是报怨行。你看，那妖精害得他那样苦，可就在悟空举起金箍棒要灭掉她的时候，他反而让悟空手下留情，多难得。作为一个女人，不爱这样的男人还爱什么？

这让我想起当年被卫国的美女南子倾慕的孔子。

常克己

“克己”功夫到家者，印度为最。大家熟知的达摩初祖是一例，“圣雄”甘地是一例。而把仁的修养成功用于经世致用者，“圣雄”甘地是一个最为突出的典范。

就衣食住行而言，甘地坚持穿自己织的土布衣衫，每天只吃一顿饭，而且是素食，从来没有桃色新闻，三十五岁就彻底禁欲。

蹲监狱像做客。今天，英国人说，甘地你被捕了。他什么话都不说，没有一点怨尤，跟了去；明天，英国人说，甘地，你被释放了，他也没有多少兴奋。

印度教徒和伊斯兰教徒发生了冲突，他绝食，一百二十一个小时不吃饭。直到印度教徒说，国父，您吃饭吧，我们再也不打了；伊斯兰教徒也说，国父，您吃饭吧，我们再也不打了。看到两方确实和好了，他才吃下绝食后的第一口食物。多么伟大的一位非暴力运动的践行者！最终，他领导的非暴力不合作运动，和印度人民的各种解放运动一起把英帝国主义从印度大地上赶出去了，可以说是一个以“克己”制胜的典型吧。

原来在课本上学甘地的非暴力，以为不动刀不动枪才是非暴力，及至后来看了甘地的著述，才知道暴力的外延十分宽广。偷窃是暴力，说谎是暴力，不守信是暴力，浪费是暴力，包括不敬业甚至不作为，等等。一天，我突然意识到，孔子让我们“克”的东西就是甘地指的那个暴力，而他所讲的那个“仁”应该和甘地的“非暴力”是一个等量概念。

甘地小时候并不是一个天资聪颖的学生，他勤奋刻苦却反应迟钝，记忆欠佳，从小学到中学一直成绩平平。他生性腼腆，胆小怕事，是个诚实规矩又很怕羞的孩子。但是他的身上却有许多别的孩子没有的非智力亮点。

一天，一位督学到学校视察，让学生听写五个英语单词来测验他们的拼写能力。甘地写出了四个，第五个怎么也想不出来。正在他皱眉挠头、冥思苦想的时候，站在一旁的老师用脚尖轻触了他一下，暗示他抄旁边同学的，可诚实的甘地却低着头，不为所动。结果除他以外，别的学生都写对了。督学走了以后，老师批评他：“单词你不会，我让你看看同学的，这你也不会吗？”全班同学都嘲笑他，甘地却没有不高兴，他认为自己做得对。

甘地成年后，孩子们非常喜欢他。有一次，一个小男孩看到甘地的穿着，非常伤心，因为他竟然光着上身。

“您为什么不穿一件衬衫呢？”小男孩忍不住问道。

“我哪里有钱买呢，孩子？”甘地亲切地说，“我很穷，买不起一件衬衫。”

小男孩心中充满了同情：“我妈妈针线活做得可好了，我的衣服都是她做的，我让她给您缝一件衬衫，好吗？”

“你妈妈能做多少件衬衫呢？”甘地微笑着问道。

“您需要多少件呢？一件、两件，还是三件？我妈妈都能做的。”

甘地想了想说：“可是我的家里不是只有我一个人啊，孩子。如果只有我一个人穿上衬衫，那怎么行呢？”

“那您需要多少件呢？”小男孩眨着眼睛继续问道。

“我有一个很大的家庭，有四亿兄弟姐妹。”甘地注视着小男孩闪亮的眼睛说道，“直到他们都有衬衫穿，我才会穿。好孩子，你的妈妈能不能帮所有人都做一件呢？”

小男孩的眼中充满了疑惑，他想：“四亿兄弟姐妹，妈妈可做不了这么多。可是，为什么要所有人都有衬衫穿了，您才穿呢？”

曾经，敬爱的周恩来总理在我心中只是一个可亲可敬的表情，一个人民公仆的符号。及至年长，知道了一些历史深处的隐情后，一个“鸿儒”的形象才真正在我心中矗立了起来。他为国家、为民族、为人民忍辱负重、鞠躬尽瘁、死而后已的精神，家喻户晓，妇孺皆知，在此不表。后来的一天，当我读到这样一段史料时，禁不住泪湿衣襟：

> 1976年1月8日，周恩来总理逝世时，联合国降半旗志哀，这是非常罕见的事。
>
> 自1945年联合国成立以来，世界上有许多国家的元首先后去世，联合国还没有为谁降过半旗。一些国家感到不平了，他们的外交官聚集在联合国大门前的广场上，言辞激愤地向联合国总部发出质问：我们国家的元首去世，为何没有这种待遇？
>
> 时任联合国秘书长的瓦尔德海姆站出来，在联

合国大厦门前的台阶上发表了一次极短的演讲，总共不过一分钟。

他说，为了悼念周恩来，联合国降半旗，这是我决定的，原因有二：一是，中国是一个文明古国，它的金银财宝多得不计其数，它使用的人民币多得我们数不过来。可是它的周总理在外国银行没有一分钱存款！二是，中国有十亿人口，占世界人口的四分之一，可是它的周总理没有一个孩子。你们任何一个国家的元首，如果能做到其中一条，在他逝世之日，总部将照样为他降半旗。

说完，转身离去。广场上的外交官们哑口无言了，随后，响起雷鸣般的掌声。

瓦尔德海姆机敏而锋利的谈吐，不仅表现了他机智无比的外交才能，同时也反映了我们敬爱的周总理的高尚品格是多么举世无双。

周总理的魅力无疑来自“克己”。从一定意义上说，生命的光彩就是“克己”的光彩，因为“克己”是奉献的基础，也是爱的基础。

时习之

“学而时习之，不亦说乎？”什么意思？解释很多。

有人说，学习并且常常温习，不是一件很快乐的事情吗？有人说，让仁德的思想成为社会的一种风尚，不是很快乐吗？我的理解是，拿“仁”到生活和工作中去实践，不是一件很快乐的事情吗？

古之“习之”者举不胜举。范仲淹、岳飞、辛弃疾、文天祥、谭嗣同等，他们一个个用生命的耀眼弧线划亮了历史的天空。此不赘述。

这里我想说说《宋史》中记载的一名大儒赵清献。赵清献,名抃,字阅道,官至殿中侍御史,人称“铁面御史”。以太子少保致仕，卒谥“清献”。其诸多事迹中最让我动容的是“日所为事，夜必衣冠露香以告于天”。请问，我们有谁敢把自己白天所做的事情悉数告知天地？因为俯仰无愧天地，所以才有“晚学道有得，将终，与屼诀，词气不乱，安坐而没”。

有研究者表示，人在临终时有那么一个瞬间，一生的所作所为会在几十分之一秒的时间里像电影一样在眼前浮现，许多人的大恐惧大慌乱大痛苦都在那时发生。赵清献能够“安坐而没”，是其“日所为事，入夜必衣冠露香以告于天”功夫对他的应现和表彰。设若每个官员都能够“日所为事，入夜必衣冠露香以告于天”，那将是一种什么局面？因此，一定意义上，道德才是第一生产力。

“仁远乎哉？我欲仁，斯仁至矣。”孔子说难道“仁”离我们很远吗？只要你想“仁”，那“仁”就在你身边。

每早睁开眼睛，第一个念头如果是利他的，“仁”就在我们身边；反之，它已离我们远去。到洗手间，用尽可能少的水完成洗漱，“仁”就在我们身边；反之，它已离我们远去。买早点时，不用一次性餐具，“仁”就在我们身边；反之，它已离我们远去。上班途中，给每一个迎面走来的路人报以微笑，“仁”就在我们身边；反之，它已离我们远去。公交车上，给每一个比我们年长的乘客让座，“仁”就在我们身边；反之，它已离我们远去。到单位，把每一个工作细节都做到尽善尽美，“仁”就在我们身边；反之，它已离我们远去……

可见，如果愿意，“仁”完全可以成为我们的生活方式。

我常对儿子说，我不要求你一定要考第一名的成绩，但必须要求你争取第一名的人格。

为此，我常拿先贤“勿以恶小而为之，勿以善小而不为”的警句教育他。他说他也想做好事，只是没有时间。我说，你不做坏事就是做好事，再说，你可以在顺便的情况下做好事啊。比如，喝完饮料你把易拉罐扔在垃圾箱里，上完公厕你把水龙头关上，到公园你绕过草坪，到大街上你不随地吐痰，遇到哪位同学有困难你力所能及地帮他一下，等等。

有时，饭不可口，他不免会发些小脾气。我说：“子曰：‘饭疏食饮水，曲肱而枕之，乐亦在其中矣。’”“君子食无求饱，居无求安，敏于事而慎于言，就有道而正焉，可谓好学也已。”儿子便面生愧色，把吊着的脸放下来，拿起筷子吃饭。

平时，儿子讲起他们哪个同学的父亲在如何重要的部门，如何日进斗金。我说：“不义而富且贵，于我如浮云。”

儿子神情中的艳羡也会去之大半。

儿子没有想到，孔子的每一句话，都是说给他的。

上初中时，有位老师来家访，听得出她的最高教育目标是教会学生竞争。我说我的要求正好相反，我不要求你一定要给我带出来一个状元，我希望几年后你交给我一个懂得敬畏，知道廉耻，具有爱的能力、感恩的能力、回报的能力、快乐的能力的人，而不是一个考试机器、竞争机器。

儿子没有让我失望。高中文理分班时，他被原班主任极力挽留。我把这看作是“习之”的成果。

就出版工作者而言，编发有益于世道人心的稿子，就是在“习之”。

一篇文字垃圾被签发，要比洪水猛兽还可怕，其罪业和印数成正比，和读者成正比。有一千个读者就等于种下了一千个恶因，有一万个读者就等于种下了一万个恶因！

电影《英雄》里有个情节：音乐可以杀人。我觉得这不是演绎，音乐的确可以杀人。文字也可以杀人。当我们每天看着安详的文字，就心平，而只有心平才能气和，而气就是原始生命力。恶劣的文字通过眼睛，种在心田，无异于毒药。所以，作为出版工作者，真应该以一种战战兢兢、如履薄冰的姿态供职。

作为一个作家，更应如此。已有相当长一段时间，每有新作完成，我都先让儿子看。我把能够拿给儿子看，作为写作的标准之一。现在，有人把拙著当作枕边书每晚给自己的小孩读，有学校将它作为辅助教材，有心理医生把它作为“心灵鸡汤”推荐给患者……我觉得这是我的无上光荣。

我想，这也是“习之”。

通过“习之”，我们得以尝到愉悦；通过“习之”，我们得以走进安详。

在大年中感受安详

过完大年，点完明心灯，我们又要出发。所以大年是一个巢，也是一个港口；是归帆的地方，也是千舟竞发的地方，它是驿站，又是岸。最终是伴随游子走天涯的三百六十五个梦。

接葉巢鶯平波卷絮
斷橋斜日歸船 畏庐写

腊八一过，我心里就乱起来，做事不能专注，思绪总是往老家跑，就像着了魔一样。再看新闻，整个中华大地涌动着回家潮，让人感动，也让人忧伤。这，到底是怎么回事呢？为此，我写过长篇小说《农历》、中篇小说《大年》，还有许多散文，但仍然觉得没有走进大年。因为一个特殊的因缘，今年只能在城里过年，在一种类似失恋的状态中，我站在大年的门外，重新打量，蓦然发现：大年是一出演义。

感恩的演义

寻根问祖也好，祭天祭地也好，给老人拜大年、走亲串戚也好，都是教人们不要忘本。连同一草一木、一餐一饮、半丝半缕，都在感念之列。

《说文》释“年”为五谷成熟。而五谷成熟之后呢？感恩啊！于是便有了“腊”，《说文》释“腊”为十二月合祭百神。把一年的收获奉献于祖先灵前或诸神的祭坛，对大自然和祖先来一次集中答谢，知恩思感，这便是中国人的逻辑。

在品尝佳肴美味的时候，在享受五谷丰登之喜的时候，在沉浸于阖家团圆、天伦之乐中的时候，感念天地化育，感念风调雨顺，这便是“年”了。

这种感恩之情，渗透在大年的每一项活动中。而诸如“三阳开泰从地起，五福临门自天来”这些对联，则是对天地直截了当的感恩词。而每年必请的年画《孔子演教图》《三皇治世图》，则是对致力于改良世道人心的圣人的礼赞。

禅宗有句话头“因何而来”，是问人因何而来，生命因何而来。我想可能就是为感恩而来。所以我们最感动的时候，恰恰是在感恩的时候。

如果我们有足够的细心去体味，就可以从一粒米中看到造化的恩情。一粒米，从一颗种子进入土地，到变成一株庄稼的过程，我们可以想象，其中包含着多少阳光、地力、风之调、雨之顺，包括时间，包括耕耘者的汗水和期待。

年的意义，就是要让我们在大丰收之后，回到一餐一饮，回到一粒米，去发出我们内心的那一份感激，对阳光的，对大地的，对雨水的，对风的，包括对时间和岁月的。

真是岁月不尽，感激不尽。

这种感恩之情在最为典型的社火祝词《十进香》中体现得淋漓尽致：

> 刘彦昌进庙来双膝跪倒，经炉里点着了十炷信香：一炷香烧予了风调雨顺，二炷香烧予了国泰民安，三炷香烧予了三皇治世，四炷香烧予了四海龙王，五炷香烧予了五方土地，六炷香烧予了南斗六郎，七炷香烧予了北斗七星，八炷香烧予了八大金刚，九炷香烧予了九天仙女，十炷香烧予了十殿阎君。

从中，我们既看到了中国老百姓智慧而优美的数字修辞，从一到十，十大关系，真是再圆满不过，再巧妙不过，又看到了中国老百姓全面系统的感恩和礼敬，把这些给了他们无限希冀和心怀美好幻想的古典意象全部纳入歌颂之列、恭敬之列、感谢之列。

每次倾听，我都忍不住热泪盈眶。

感恩是乡土中国永恒的话题。

它渗透在中华民族的每一个节日中，渗透在中国人的每一项活动中，包括婚丧嫁娶。

且不说葬礼，单拿人们最熟悉不过的婚礼来讲，它本身就是一个感恩节。

夫妻双双拜天地、拜高堂、对拜，就是最为集中的章节。

我们可以想象一下，一个人的成长，包含多少造化的慈悲，包含多少父母的心血！只要是一个有心人，在男婚女嫁的时刻，首先应该想到的就是感谢父母。而在民间比较古典的婚礼上，是必设一个祭桌的，必要请祖先来见证一对新人的誓言和爱情。那一炷香不点燃，是不能结婚的；那一个头不磕下去，是不能成为严格意义上的夫妻的。所以，古典的婚礼，它既是婚礼，也是感恩礼。

夫妻互拜，那也是感恩的范畴。我们可以想象一下，在数十亿的人群中，一男一女能够相识、相知、相爱，最终走到一起，结为百年之好，这中间有多少需要我们去感念的东西。

所以，古典的婚礼其实是一场哲学的演义和教育。

现在都市的婚礼很大程度上已经变成了一种游戏，

一个司仪在那儿不着调地造一些幽默，引导大家说闹，然后大吃大喝。中国古典的婚礼不是这样，它是非常神圣的，也是非常庄严的，它要让我们通过它深深地体会一个词：天作之合。

现在有不少爱情专家鼓吹，爱情可以通过他们发明的公式计算所得、经营所获，假如古人听到，一定会笑掉大牙。

天作之合，这个词，只是想想都觉得奥妙无穷。天作之合，那是一个多么浩大的恩情。

想想看，两个人能够同时诞生到同一个星球，又能够在茫茫人海中相遇，该是一种多大的稀奇和多大的恩典；相遇又能相识，相识又能相知，相知又能相爱，相爱又能相合，又该是一种多大的稀奇和多大的恩典！

只要我们想想这种递进关系中的概率，想想那个时空点的因缘际会，从时间的无量劫分之一，到空间的千百万平方公里分之一，到人头的数十亿分之一，再到亿分之一、万分之一、千分之一、百分之一、二分之一，其中，该是蕴藏着多少缘分、多少慈悲！

只有这样去推想，我们才能理解什么叫天作之合。既然是天作之合，我们怎么可以不去珍惜这份苦心和成果？所以，古人所说的“结发”二字、“连理”二字、“秦晋”二字中该是包含着多少的期待和嘱托！因此，不能轻言分手，因为它是天作之合，它是秦晋之好，它是连理之枝。

这个恩情，我们如何报答得了？更别说蕴藏在两人身上的“年”。这也许就是民间为什么认为把婚礼安排在“乱岁”（腊月二十三至除夕）期间才大吉大利的真实“内幕”。

孝敬的演义

孝是中国伦理的基础。

《弟子规》有言："身有伤，贻亲忧。德有伤，贻亲羞。"它提醒我们，做学生就做一个好学生，做农民就做一个好农民，做官就做一个好官。为什么呢？因为任何人生的污点和道德上的缺失，都会使父母不开心，都是不孝。

这也就是中国文化把孝作为根本的原因，因为它本身就是强大的凝聚力和号召力，或者说是道德力。而大年则把孝以一种约定俗成的方式仪轨化，又以一系列仪轨神圣化。

在古代中国，大年的许多仪程，都是在祠堂进行的，它的核心内容是一个孝字。当一个人进入祠堂的时候，就不由得不心存高远，志在圣贤。因为只有如此，将来才有资格位列“仙班”，才能让子孙后代沐浴来自自己的荣光。否则，他自己如果因为“德有伤”而被从祠堂开除，那对子孙后代将是一种怎样的打击？可见，每年的祭祖大典，既是感恩，又是鞭策，本质上是在演孝。

比如，大年初一，作为儿孙，都要很庄严地给祖父祖母和父母高堂磕上一头。那一刻，你会觉得不如此不足以表达对老人的祝福，只有当你的膝盖落在地上的时候你才能体验到那种恭敬和崇敬，才能体会到一种站着或躺着时无法体会的感动和情义，因为那一刻你变成了一种接近于母体胎内的姿态。我想那也是一种孝的姿态、感恩的姿态。

单说大拜年，它在故乡既轻松又庄严。

先从谁家开始，有讲究。不是说谁家有权有势就先去谁家，而是看谁辈分最高谁最年长。无论穷富，无论性别，人们尊的就是一个寿、一个辈分。对长者的尊重是中国古老伦理中一个非常重要的强调。如果细细考究，这个大拜年，包含着很多很多的人情在里面。

正月初一在村里拜年，正月初二做女婿的要去岳丈家拜年。这样的一个次序是符合中国人的伦常逻辑的。在故乡，初二去岳丈家拜年是“法定”的，娶了人家的女儿就意味着要承担一部分孝道，这也是感恩的要义。

因此，我是不同意“年是怪兽”说的。

如果说真有一种怪兽需要在岁尾年初去驱逐，那这个怪兽就在人的心里，它是贪婪、自私、嗔恨，包括无情无义，包括没有感恩心、敬畏心和慈悲心。

“志在春秋功在汉，心同日月义同天。”这是关帝庙门的对联；左秦琼，右敬德，这是门神。每逢大年，这些句段和形象都不可避免地进入我们的视线，这是我们对忠义的最初感知。

借助大年这个必由之路，中国人让一代又一代的后生一年一度地接受对忠义的怀想和敬仰，潜移默化地让孩子们知道，只有忠义才配在如此庄严和神圣的时刻享受礼敬。

在古人看来，年一定是神圣的。且别说古人，就是父辈，对年的感情也和我们大有不同。

洋蜡出现好长时间了，但父亲坚决反对我们用洋蜡祭神，说洋蜡不干净，而坚持亲手用蜂蜡做；洋纸马出现有些年头了，父亲也不让我们图省事，还是坚持让我们自己用印模印；同样，父亲反对我们买机印对联，坚持手写；反对我们买机封年礼，坚持手包。元宵节也同样，每年夏天打麦的时候，父亲就已经准备元宵节点灯用的麦秸了，挑最正直的，用净纸包了，放在院墙高处的蜂窝里，以免污秽。

他之所以如此，无非是想保持一个“恭”，坚守一个“敬”，完成一个“真”。再比如，父亲把买灶神、门神像不叫“买”而叫“请”，把点香不叫“点”而叫“上”，则是直接的敬词了。

而敬，在更多的时候则体现为一种静。

大年中的一切仪轨，可能都是为了帮助人们进入这个静，包括社火和爆竹那种动态的静。

因此，在老家，春晚恰恰是一种打扰。为什么呢？

除夕的本意是守岁。我们且别去追溯“守”的原意，单看字面：“宀”下面一个“寸”。在我理解，它是告诉我们，屋内是一寸一寸的光阴，需要我们一寸一寸地用心去守护。

故乡又把守岁叫“过夜”。

我是反对简化汉字的，但是这个“过”我觉着简化得非常到位：

“辶”上面一个“寸”，它告诉人们，时间在一寸一寸地移动。当我们回到当下，去一寸一寸地体味时间的时候，那才是真正意义上的“守岁”，才是真正意义上的“过年”。

从这个意义上说，什么叫大年？

大年就是一寸一寸地享受时间和空间。这时的任何喧闹，或者说任何非自然的喧闹，都是一种打扰，何况像春晚那样人为的巨大的喧闹。

因此，假如把春晚提前或挪后一天，可能会让年味大增。

“和合”的演义

和是和谐，合是团圆。一年的奋斗和汗水，只有回到团圆，落实到和谐上才有意义。这，也许就是回家潮势不可当的缘故吧？

一年是如此，一生也同样。假如我们的一生不能落实在“和合”二字上，也是虚度，也是错过。正是基于这样的理解，才有“和气生财”“和气致祥”这些俗语。

在古代，人们干脆把“和合”尊为仙人，称为“和合二仙”。无论是万里之遥、朝发夕返的“万回”说，还是亲如兄弟、爱如夫妻的“寒山拾得”说，都不离“和合”二字的本义。每一个上了年纪的中国人，大概脑海中都有一个“和合”二仙的模样，也有一个“荷”和“盒”的意象。

团圆饭，特别是除夕的团圆饭，它不是简单的一顿饭，在更多意义上它是一个伦理上的安慰，或者说是一个伦理上的需求，一个伦理上的象征。

团圆意味着健康，意味着平安，意味着绵延昌盛。

这也就是为什么一年的辛苦和汗水只有落实到团圆上才有意义。所以，中华民族关于家关于族的理解中，最为核心的，或者说最有代表性的体现，就是大年除夕的团圆饭。一家人一族人能不能坐在一桌上，它已经不单单是一顿饭的问题，而是这个家的圆满程度、幸福程度、昌盛程度。

大年三十，习惯上我们都要吃饺子。而饺子呢？它不同于面条，不同于菜，它是一种包容，一种和合，一种共享，一种圆融，它象征着团圆、幸福和美好。

团圆之所以如此重要，还因为它是一个忧伤的话题，一个永恒的忧伤话题，从一定意义上讲它是分别的代名词，因为没有分别就没有团圆。

团圆给人们的渴望因何如此强烈？就是因为这个世界上有太多的分别，而且分多合少；也正是因为分得太久，合才显得特别甜美。

而作为人在这个世界上生存，奔波是难免的，出游是难免的，为了生计走南闯北是难免的，无论做官做商做工。

特别是现代社会，大多数人事实上都是游子，而游子盼归，这本身就是忧伤的话题。所以，如果我们在喜庆之外，在大红大紫之外，要给大年再找一个色彩，那一定是忧伤了。

过完大年，点完明心灯，我们又要出发。所以，大年是一个巢，也是一个港口；是归帆的地方，也是千舟竞发的地方；它是驿站，又是岸；最终是伴随游子走天涯的三百六十五个梦。

再说和合。清代苏州桃花坞年画《一团和气》，居然能让一个人端居圆中，甚至就是一个圆，真是再智慧不过。

而中国人记忆中的经典形象“福禄寿”三星，在我理解，和“和合二仙”有着脱不了的干系。

他们笑口常开，以八千岁为春，以八千岁为秋，经百万亿劫不恼不怒，历百万亿劫无怨无尤。

当一个民族以这样的意象作为图腾，它怎么能不万古长青？我们可以想象一下，设若一个人正在生气，看到这样的年画，脸上该转化为怎样的表情？

什么是福？什么是禄？什么是寿？答案就在他们的脸上。

在我老家，只要有人家“填了三代”（在红纸上填写祖宗三代神位以敬供），人们就都要在大年初一进去上香，即便之前与这家是仇人。在老家，许多冤家就是于大年初一这天和好的。人家都能进门来，在“三代”前上香，在祖宗前磕头，我们还有什么不能原谅的？于是握手言和。就是再大的仇恨，如果这天不去人家“三代”前上香，那全村人都会看不起他；假如去了，对方不让进门，那全村人从此就不会进那家的门。

正是基于这样的民间“条例”，大年成了一个天然的“和事佬”。包括大年初二之后的“走亲戚”，除了体现着感恩、孝和敬的主题，还是对乡村伦理的一种自然维护。

这种和合还体现在非人间伦理上。比如，大年期间天官、城隍、土地、龙王、山神、树神、灶神、门神、药神、喜神、吉神、财神、井神、梯神、路神、场神、车神、水神等等众神共庆的场面，无不上演着一出和合大戏，也体现了中国文化让人感动的包容性。

再比如，“三十”的火、元宵的灯，要每个房间都通明。这是在两个不同的时空，以火和灯演绎一种平等性。故乡的讲究是大年三十晚上每个屋子都不能黑着灯，无论是牛窑羊圈，还是鸡棚狗舍，都要给它一盏灯，都要“进火”，不能有一处黑暗，不能有一处光明的盲区。

元宵节的灯也一样，应该分配在每一个层面，包括仓屯、井栏、草垛、磨台、蜂房、燕窝，甚至桃前李下，都要和家中一样，要拥有一盏灯，不能有遗漏。

这就是中国人的“众生”理念和平等观，它的背后其实还是一个“合”。

祈福和欢乐的演义

在大年期间，无论是年画、社火、大戏，还是各种祭礼，包括一言一行，都是祈福。

《一团和气》《连年有余》《五福临门》《出门见喜》《天官赐福》这些年画，既是公认的中华民族符号，也是中华民族文化的核心意象，同时也是人们美术化了的祈福。

而社火则纯粹是一种媚神之歌舞。社为土地之神，火是火神，社火中的仪程则是纯粹的祝福。比如《财神颂》："财神进了门，入着有福人。福从何处来？来自大善心。"就是说，财神进门是有前提的，那就是你首先要是一个有福人。而福从何来？福从善来。由此，我们发现，这个《财神颂》，实际上是告诉我们财神的本意。

这便是古人对祈福的理解。

还有就是作为祭祀主体的祭祖。儿孙福自祖德来，这是中华民族最为广泛的因果认同。既然儿孙福自祖德来，那么托庇于祖先保佑，则是千家万户再自然不过的心愿。

在古老中国朴素的因果传统中，认为一个人做了大官发了大财不是自己的能耐，而是祖宗阴德。为此我想，大年期间的祭祖也是在表达着一种古人对祖先的理解：祖宗是快乐的源头，是财富的源头，是显贵的源头，祖宗和后代之间有一种深沉的隐秘的逻辑关系，甚至人们把一切好运的到来都归功为祖上有德。我们怎能不去认真地感谢祖德、虔心地祭祖呢！

《朱子家训》有言“祖宗虽远，祭祀不可不诚”，并且把它置于“子孙虽愚，经书不可不读”的前面，以此呈现一种承接关系。从这个意义上来说，春节期间的祭祖，既是感恩，也是祈福，又是教育。能有今天的健康，今天的平安，今天的荣华富贵，是因为我们有一个大后方，那就是祖宗功德。它告诉我们一个公理：做好事不吃亏，做好事绝对正确。

什么叫“五福临门”，什么叫“出门见喜”，什么叫“天官赐福”，都是一个人为自己的行为负责的一种比较仪式化的训诫，这才是祈福的本质意义。如果带着很强的功利心去求荣华富贵，是求不来的。

大年的喜庆如汪洋大海。

它在香喷喷的饭菜和茶饮里，在红彤彤的“门迎春夏秋冬福，户纳东西南北财”的春联里；它在排山倒海的爆竹声中，在喧天动地的锣鼓声中，还在漫山遍野的秦腔中；它在一家人团圆的天伦之乐中，也在孩子们的新衣服和压岁钱中；它在灯方，在墙围，在年画，在门神，在社火，更在老百姓的把酒相邀共话桑麻里；它在瑞雪兆丰年的期盼里，在普天同庆的氛围里，甚至在“猫吃献饭”“老鼠娶亲”这些窗花里。

想想看，雪打花灯，喜鹊啄梅；想想看，热炕在暖，子孙在绕；想想看，抬头迎春春满院，出门见喜喜盈门；想想看，一元复始，普天同庆。注意，是“普天”，是“同庆”。

大年的喜庆像根一样扎在大地深处，扎在季节深处，也扎在华夏儿女心灵深处，它像庄稼一样成长，也像华

夏儿女的心事一样成长。

这大年，就是为生长喜庆而来。

大年的快乐也如汪洋大海。

且别说在现场，就是每一次回想，都让人的心灵为之战栗。在写完长篇小说《农历》之后，我再也没有经历过如此享受的写作过程，那真是一段黄金的记忆。如果说我这一生还有什么足以让自己庆幸的话，那就是拥有如此记忆。我非常感激上苍没有把我降生在城市里，包括豪门显贵之家，而是降生在宁夏西吉县将台堡一个名叫粮食湾的小山村，它让我能够从童年开始就享受大年所带来的那种刻骨铭心的快乐、销魂的快乐、无缘无故的快乐。我曾在长篇小说《农历》“大年”一节中写到一个细节：当五月和六月把新衣服穿上以后，正式守岁的时候还没有到来，他们俩就在院子里莫名其妙地跑，从这个屋跑到那个屋，从那个屋跑到这个屋，没有缘故，就像两尾鱼，在年的夜色河流里穿梭。

那种没有缘故的快乐，在我人生以后的篇章中再也体会不到了。那种快乐之所以让我那样迷恋，就是因为它是纯粹的天然的快乐，没有任何污染，没有任何杂质。

事实上，那种快乐我现在还说不透，它到底为何如此让人怀念，让人感动，让人难以忘怀，但有一点是肯定的，那就是它跟大年有关。

也许大年它本身就是童年的，或者说它本身就是人类的童年，本身就是无尽岁月的一颗童心，才让人如此彻骨地怀念和感动。在这种特有的怀念和感动里，我们的灵魂得以舒展，得以灿烂，得以滋润，得以狂欢。

“天人合一”的演义

大年的这种演义从腊八就开始了。

关于腊八的传说有许多，在我看来，它旨在提醒我们从功利中回来，“难得糊涂”一下，享受生活，享受当下。因为回到当下是对诸神最大的礼敬，也是对生命最大的关怀。

“慈悲”的“慈”，字面是“兹”下面一个“心”，我认为就是“这里、现在的心”。它告诉我们，回到当下是最大的慈悲，因为只有回到当下，你的心才在现场，而只有心在现场，你才在“生”之中，才在“人”的“职分”之中，你也才有感恩的资质，甚至就是感恩的本意。

而“忙”则是“心”的“亡”。

在中国古老的哲学体系中，无论是儒家、释家，还是道家，“天人合一”都是它们的核心旨归。为了达到这种天人合一，我们需要腊八的“难得糊涂”，需要从小年（腊月二十三）开始的除尘。“难得糊涂”是让我们从惯性和速度中解脱出来，从功利和世俗中解脱出来；除尘是让我们从污染中解脱出来，从尘垢中解脱出来，而从一定意义上讲，惯性和速度也是灰尘。

我们之所以能够在井里看到自己，那是因为井水的安静；我们之所以在湍急的河流里面看不到自己，那是因为河流的匆忙。

人们只有扫净心灵的灰尘，回到当下，才能走进“天人合一”，才能和万物沟通，才能和天地同在。

这也就是古人要让我们“时时勤拂拭，莫使惹尘埃”的原因。

为之，在大年中有许多具体的要求和程序。

听父亲讲，社火中陪伴仪程官的几大灵官，在上妆之后便不许说话，多数情况下是整整一天。因为在进入

"社火"之后，他们就不再是世俗意义上的人，而是傩，而傩就意味着是天地中介，人神共在，凡圣一体，任何世俗的表达都是不敬，都是冒犯，都是非道——包括世俗的念头都要警惕，都要观灭。这种极为强烈的角色意识和纯粹的进入，其实贯穿在大年的所有祭礼中。从腊月三十开始的一个个祭礼，无不是一种走进天人合一的门径。关于爆竹，也有许多说法，但在我理解，它既不是为了驱邪，也不是为了热闹，它仍然是唤醒世人的一种方式：通过那一声声一串串或脆或钝的响声，让我们从迷糊中警醒过来。

"古寺无灯明月照，山门不锁白云封。"当第一次在老家的山神庙门看到这样的对联时，一种难以言说的美感使我心灵战栗。那种美超尘超凡，真是深入人的骨髓。在大年，你会随时体会到这种心灵的震颤。

而月圆之夜、点灯时分，则纯粹是一种天人合一。有一年我去逛一个城里的灯会，有烟花，有铺天盖地的花灯，心里却觉得十分的"隔"，不多时就打道回府了。当我站在阳台上，向老家张望的时候，有一串火苗就在心里展开，心一下子静了下来。多年以来，我都在寻找一个词去表达心中的那种感觉，却很难表达得贴切。我只能勉强说，它是一种大喜悦，或者是一种大安详。

那是老家的元宵，深甸甸的月色中，一桌的荞面灯渐次亮起。

永远亮在一个游子的梦里。

点灯时分，是一种怀念，更是一种引领。借助那些摇曳的灯苗，我们得以走进生命的原初，得以看到释家所讲的那个“在”。

也许这灯，就是灵魂的形状，或者说是生命的形状，或者说是天人合一的形状。它本身给人一种召唤。我想每一个人在看到灯和火的时候，都会有这种回到自身的感觉。我曾在一篇散文中写道，尽管暖气片给了我们热度，可我们觉得它是冰凉的，而炉火可能提供不了暖气片那样的热度，但当我们看到那一束火苗的时候，一种莫名的温暖就从心底升起。这也就是为什么许多祭礼中都要出现火的缘由吧。

也许，火的状态就是一种当下的状态，火在点燃之前是沉睡，燃烧之后则进入另一个沉睡，只有燃烧的那一刻是醒着的。而只有亮着灯光的房间才是小偷不敢光顾的，可是一生中做客我们心宅的小偷何其多也。这也

就是元宵节点灯时分，老人为什么不让我们心生任何杂念的缘故吧！比如我问父亲，可以想发财吗？他说不可以。我又问，可以想当官吗？他说不可以。我说，那干吗呢？他说，你就静静地看着，看那灯捻上的灯花是怎样结起来的。看着看着，我们就进入一种巨大的静，进入一种心如止水的状态。

那一刻，我们的心灵可以说是一尘不染，就像头顶的一轮明月。真是敬佩元宵节的创造者，他能够把点灯时分和月圆时分天然地搭配，简直是一种再高妙不过的创造。

你的面前是一片灯的海洋，头顶却是一轮明月——那事实上就是你的心了。这一刻，你怎么能够不天人合一呢？

而那灯本身就引人思索。一勺油、一柱捻、一团荞面，就能够和合成一盏灯，而且油不尽则灯不灭。而最终让这灯亮起来的则是人手里的火种，那么，人手里的火种又是谁点燃的呢？

这难道不是生命和宇宙的奥秘吗？

为此，古老的元宵节，在我理解，它是古智者苦心为他的后人设计的一场回到当下的演习。

相比点明心灯，城里的闹花灯事实上已经变成了一种竞技，或者说一种规模性的文化活动。而只有保留在民间的点荞面灯，还保存着心灵上的意义，还保留着元宵节点明心灯的原始意味。

如此看来，人们把以纪念释迦牟尼成道之日的腊八作为大年的开始，把元宵夜点明心灯作为大年的结束，有着特别强烈的象征意义。因为在东方人看来，成道、明心见性，意味着大解脱、大自在、大安详、大快乐、大幸福。这些“大”，也许才是大年的真正含义，也是人们为何如此迷恋过年的秘密所在。

教育和传承的演义

大年时时处处都在演教。无论是对联、年画、社火，还是祭祖、守岁、拜年，无一不是为了唤醒人们的正知见，让人们回到真善美，甚至回到生命本质。

“几百年人家无非积善，第一等好事只是读书”这样的对联自不必说；“欲高门第须为善，要好儿孙必读书”这样的格言自不必说；《朱子家训》《弟子规》这样的书法作品自不必说；《和气生财》《和气致祥》这些年画自不必说……这种教育，还渗透在大年的每一项活动和每一个细节之中。

小时候，我们去跟年集，父亲都要叮嘱：请灶神时，灶君脚下的鸡一定要向家里叫，狗一定要向门外咬。我问父亲，为什么呢？回答是“鸡”者，吉也，故纳之；

而一个称职的狗是不咬自家人的。贴门神时，他则叮嘱我们，秦琼、敬德一定要面对面。我问为什么，回答是面对面是合相，脸背脸是分相。

再比如，在故乡，人们把初一到初七的七天分别名为鸡日、狗日、猪日、羊日、牛日、马日、人日。我问父亲，为什么把初一定为鸡日？回答是鸡是“五德之禽”，头上有冠之美是文德，足后有距能斗是武德，敌在前敢拼是勇德，有食招呼同类是仁德，守夜报晓不失时是信德。

还比如，每家的老人都要叮嘱孩子，过年要断“三恶”、修“四好”。“三恶”是恶口、恶行、恶念，“四好”是存好心、说好话、行好事、享好福。单说断“三恶”，不“恶口”与不“恶行”大家努力一下也许可以做到，但是要不动“恶念”就很难了，但古人并没有因为难，就降格以求。想想看，当每一个人都做到了断“三恶”修“四好”时，那日子该是多么的吉祥！

在乡土中国，大年还是一个文化展览和交流的平台。

在我们老家西海固那一带，有许多人家藏着字画，但平时舍不得挂，害怕尘土把它们染脏，只有在每年除尘之后才把它们挂上。

比如说，最经典的《朱子家训》《弟子规》，差不多是每一家都要有的。大年初一，大家在走村串户拜年的时候，一方面是在拜年，另一方面就是成群结队地去巡览字画。“黎明即起，洒扫庭除，要内外整洁。既昏便息，关锁门户，必亲自检点。一粥一饭，当思来处不易；半丝半缕，恒念物力维艰。”这些句子就是我在小时候拜年期间识得，并潜移默化记住的。

还有一些人家在“文革”期间大着胆子把一些古字画存了下来，这更让现在的年轻人稀罕、着迷。大年初一大拜年时，他们往往可以一饱眼福。

每年除夕，村里人都要到庙里去抢头香。而在庙中等待子时到来的时间里，大家在干什么呢？在看展览。展现在我们面前的，是整整一面庙墙的对联，整个一面庙墙上全是红彤彤的对联。

“古寺无灯明月照，山门不锁白云封”这样绝妙的句子就是我在庙门上看到的。在那样绝尘、肃穆的环境中，看到这种超凡脱俗的句子，心灵经历的是一种美的洗礼。

再比如，“保一社风调雨顺，佑八方国泰民安”，则是一种怎样宏大的境界！他们不但要“风调雨顺”，还要“国泰民安”，这就是中国老百姓的情怀。他祈祷，他祈福，但他没有说“保我家风调雨顺，佑我家荣华富贵”。

从这个意义上讲，大年是不是一种爱国主义教育呢？

还比如，我们最熟悉的“天增岁月人增寿，春满乾坤福满门”，它包含着一种多大的祝福啊，同时又有着一种棒得无法言说的天地伦理。“天增岁月人增寿”，它的大前提是“天增岁月”，才能“人增寿”；“春满乾坤福满门”，它的大前提是“春满乾坤”，才能“福满门”。“岁月”“乾坤”在前，“寿”“门”在后，这就是中国人的逻辑。

中华民族在任何时候都在讲“国家”，讲“入世”，在讲儒家学说的核心概念“仁”，让我们走出小家，从一个人变成两个人，就是一事当前要能想到别人。事实上这就是“天增岁月人增寿，春满乾坤福满门”表达的要义。先强调共体，再强调个体，先强调国，再强调家，我想这也就是中华民族能够屹立在世界民族之林的原因。中华民族所信奉的人生进修的程序是“格物、致知、诚意、正心、修身、齐家、治国、平天下”。前边是讲人，中间是讲家，然后是国，最后是天下。每一个婴儿从诞生的那天起就在如此的教育体系中，这样的民族怎么会不绵延不绝呢?

而从腊八开始，回旋在村子上空铺天盖地的一出出秦腔，则是戏剧化了的教育范本。在《葫芦峪》中我们接受忠义的感染，在《铡美案》中我们接受公义的熏陶。大西北每一个老百姓的记忆中，大概没有谁不知道《铡美案》中的《三对面》，请听这段像阳光一样照耀和温暖着一代又一代中国老百姓的唱词

公主：你向秦氏因何故?

包文正：陈世美杀妻害子罪非轻。

公主：你能问他什么罪?

包文正：定赴铜铡不容情。

公主：当朝驸马你岂敢?

包文正：龙子龙孙以律行。

公主：我要传令把秦氏斩，

包文正：为臣在此你不能。

公主：要斩要斩实要斩，

包文正：不能不能实不能。

公主：欺君傲上包文正，

包文正：理直气壮为百姓。

…………

一种大慈大悲的旋律在村子上空回旋，一种善恶分明的节奏在黄土地上激荡，荡人气，回人肠，催人泪，热人血，直人骨，正人髓。那是简单的音符和旋律，却是深沉的关怀和鼓励，让人在心里默默地向那个黑脸红心的人致敬，向高悬在公堂之上的天地精神“正大光明”匾致敬。

大年是一出中国文化的全本戏，是一出真善美教育和传承的全本戏，是中华民族基因性的精神活动总集，是华夏子孙赖以繁衍生息的不可或缺的精神暖床，是中华民族的一种准宗教性质的体统。

它是岁月又超越了岁月，它是日子又超越了日子。它带有巨大的迷狂性和神秘性，这种迷狂和神秘，可能来源于中华民族的精神源头“巫”传统，其核心是“天人合一”。而要达到“天人合一”，“格物致知”是必要条件，“诚意正心”是必要条件，“修身齐家”是必要条件，“治国平天下”同样是必要条件。回到大年本身，祈福也好，祝福也罢，“天人合一”既是目的又是方法，为此，我们需要不打折扣的诚信和敬畏，需要不打折扣的神圣感，所谓“与天地合其德，与日月合其明，与四时合其序，与鬼神合其吉凶”。这种大年，不就是一个“合”字吗？和天地相合，和日月相合，和四时相合，和鬼神相合。这种迷狂，这种大喜悦大自在大快乐，不就来自于这个“合”吗？现在再去回想，为什么爱情那么让人着迷，因为它是一个合；为什么合家团圆那么让人着迷，因为它也是一个合；为什么天降大雪那么让人着迷，因为它也是一个合。所以，这个“合”字可以说是中华民族的一个代表性符号，或者说代表性的意象，我们也许只能从“年”的味道里去体味，从那种无缘无故的喜悦和狂欢中去体味。

正是这种迷狂性，才造成了海潮一样的回家潮，造成了季风一样的春运，才让人们在季节的深处不顾一切地回家，候鸟一样，不由分说地，无条件地，回家。为此我说，娘在的地方就是老家，有年的地方才是故乡。

我们甚至可以说，大年是中华民族一桩无比美好的计谋，它把华夏文明的骨和髓，通过连绵不绝的仪式，神圣化、民间化、亲切化、轻松化、出神入化……

大年像一个循循善诱的导师，又像一个天才的导演，演绎着中国文化的无尽奥义。

懂了大年，就懂得了中华民族，也就懂得了生命本身。

在文学中传播安详

写作的过程就是一种情怀、一种理念、一种价值取向诞生的过程，它本身是在发出一种信号，是在召唤和它有缘的人。

觸石而出膚寸而合不崇朝而徧雨乎天下

一种文学是否会成为最终的赢家，需要时间检验，非常喜欢著名作家陈建功先生讲过的一句话——优秀作家只追求来世报。

是什么让《弟子规》《了凡四训》这些读本经久不衰？在我看来，是一种母乳般的品质。如果我们能够把目光拉长，在一个大的格局中去审视，传统恰恰是最时尚的、最有生命力的、最能保质保鲜的，因为地球是圆的，因为人心是圆的。

这个世界上，总有一些东西是人们永远需要的，这些东西，在我看来，就是传统。传统作家要做的事应该是把传统现代化，就像过去蒸米用柴火，现在用电一样。作家的使命，不应该是重新创造一种大米，而是去探索更好的蒸法，把大米做成适合现代人口味的美餐。

起于随缘

这个世界上为什么有作家？因为有读者。

什么样的作家才是好作家？还得从读者说起。

作者和读者的相逢是一个因缘，一个充满偶然但又必然的因缘。

一粒种子进入土壤，这个种子就是因，土壤就是缘。只有在因和缘同时具备的情形下，一棵庄稼才会长出来。一粒种子，我们把它放在干燥的玻璃器皿里面，可能千年万年都不会发芽，可一旦植入适宜的土壤，它就发芽、开花、结果。

一粒文字的种子在进入读者心田的时候，它是带着这种奥妙的因缘去的。什么样的土壤更适合种子发芽，它们是同气相求的。这既是文字对读者的选择，也是读者对文字的选择。文字之所以诞生，正是因为读者的召唤。正是因为有召唤在，所以才有诞生在。

在我看来，写作的奥妙就在这里。

写作的过程就是一种情怀、一种理念、一种价值取向诞生的过程，它本身是在发出一种信号，是在召唤和它有缘的人。

我们经常在讲随缘，实际上我们是不大懂得什么叫随缘的。随缘不等于随波逐流，一个人对这个世界了悟于心之后的一种选择，才能叫随缘，它是一种大觉悟的境界。当一个人或一篇文章到你面前的时候，你能“识得”其背后的宿命，这就叫随缘。

农民是最随缘的。他们知道在什么季节种什么粮食，在什么地里下什么种子，绝对不会逆岁月或逆时序去做；他们知道“清明前后栽瓜点豆”，就不可能在秋天或冬天去播种。这是一种了不得的了悟世界或觉悟世界的方式。

一个成熟的作家，他在代表他的文字去旅行的时候，是最尊重他的读者的，而他的读者也最尊重他、热爱他。

中国古人讲“慈”，讲“悲”，说穿了就是讲“爱”。他们甚至认为世界的原点就是爱，造化的心脏就是爱。从这个意义上去理解，人为什么渴望爱？人为什么会被爱打动？因为那是我们的当初，是我们的原点，是生命出发的地方，也是归宿。

中国古人还讲“人之初，性本善”，“本善”就是本来的那一块创造生命的材料。打个比方，如果我们把世界看作千姿百态的美食，那么“本善”就是造化之厨手中最初的那一团面粉。

为什么人是千差万别的呢？因为“性相近，习相远”，是习气和污染把生命变得千差万别。

因此，回归生命的过程实际上就是清除污染的过程。在我理解，文学和文字在一定意义上讲，就是帮助人们清洗心灵灰尘的一个载体，这是文学在“本来面目”上的一个意义。

因为生命最本质的诉求是回归，回归本有的光明，回归本善。

如果一篇文字没有帮助读者清洗心灵，没有帮助他回家，没有帮助他找到本原意义上的光明，反而给心灵又增加了一层污染，这样的文字是需要我们警惕的。

如果眼睛和耳朵把不好这道关的话，就会使心灵遭受污染和侵害。

古人讲“舍得”，就是告诫我们要时时刻刻警惕应该舍去什么，留下什么；欢迎什么，拒绝什么；拿起什么，放下什么。

生命的艺术说到底是“舍得”的艺术。

舍什么？怎么舍？

并不是要我们把世界舍掉，把生命舍掉，把生活舍掉，而是把自私舍掉，把欲望舍掉。

“舍得”是讲只要我们把物质诉求打扫干净，不用去求，明珠自会焕发光明，这叫作无求自得、自然所得。

什么叫自然？本来就是。我们本来就是一颗明珠，只不过被污染了而已。只要我们把外在放下，内在自然出现。由此可知，“得到”只不过是“放下”的代名词。

古人讲人人都有智慧，有大智慧，只不过是被遮蔽了而已。

真正的文化就是要扫除这一层遮蔽，就是要扫除掉

世世代代积淀在我们心灵上的那一层灰尘。由此看来，“身是菩提树，心如明镜台。时时勤拂拭，莫使有尘埃”讲的正是文化的要义，就是不断把我们的心灵擦亮，保持光明。如果镜子上有灰尘，我们是看不见自己的，更不要说去看世界。

本来，我们每一个人都能看见自己，只不过被灰尘障住了视线。帮助读者擦掉这一层灰尘，就是文化的使命，也是文学的使命。

忠于使命

文学要向太阳学习。

太阳每天从东边升起，照耀四方。它没有想着今天要照哪个人不照哪个人，只要出来就行了，只要把自己的光辉散发出来就行了。

文字就是那一束阳光，把自己的光芒散发出来，使命就完成了。至于读者怎么选择、怎么收藏、怎么相守，那是读者的事情。作家的职责就是把自己的一份光辉散发出来，通过文字，完成他的使命。

为此，我们不能在写每一篇文章的时候，都假定一个读者群。现在有好多作家就这样假定，有些说他是为孩子写作的，有些说他是为中年妇女写作的，有些说他是为空巢家庭写作的……这种战略和战术是对的，如果从商业策略来讲的话。

而文学则是反商业的，它是神圣的、崇高的，是要我们带着神圣感去从事的。

当我们带着神圣感去从事这份工作的时候，神圣感会成全我们，因为“爱”是相互的。当我们心里有一个很大的愿望，要为世道人心、为苍生、为这个民族、为这个国家去做一些什么的时候，境界就不一样了。

不要小看古人常常讲的“国泰民安”这个词语，过去的士大夫文人就是有这个愿望，希望国家昌盛平安，希望老百姓过上好日子。这不是作秀，他们认为这就是自己的一份职责，就要铁肩担道义。想想，当一个人把道义扛上肩，那是一种什么样的重量，什么样的感觉。特别是在现在这个社会，铁肩已经不行了，要担起那个道义，需要钢肩才行。

“天生我材必有用”，在我理解，就是讲人是为使命而来的。

任何作品，它打动读者的无非是真善美，无非是温暖、崇高和关怀，无非是爱，说得形象一些，就是能够撞击到读者心中最柔软地方的文字。

它首先应该是美的文字。

那么什么是美？争论了几千年，仁者见仁，智者见智。

比较一致的看法是，美是和谐。这是美的通义，应该没错。但我后来发现，和谐强调的还只是形式，是“相”。就像谈恋爱，往往是对方的外表先打动了自己，但是漂亮而不善良，还是经不起时间的考验。

追溯到善，就觉得比和谐进了一步，但还是不究竟。后来读典，每当读到一种永恒的感动和喜悦在心里发生的时候，蓦然觉得“真”才是最美的，因为“真”是归途，是生命的原点。

由此就可以区分一流作家与二流作家。

一流作家占领的是原点，他给人的是从心灵原点流淌出的清泉，他启迪的也是读者的原点。而二流作家只能摩擦心的表皮，甚至连表皮都触不到，他可能会把人挠得痒痒的，但不解决问题，读完后生活还是老样，涛声依旧，这是一种文学搔痒，浇花没有浇根。一流作家和二流作家之间的区别就在这里。

二流作家是在玩文字游戏，建文字迷宫，看上去是

在追求和谐，其实是一种伪和谐，他连“善”那一层都没有达到，怎么可能达到“真”那一层呢？所以这种文字注定不能传世，即便擦出火花来，也注定是短命的，因为火花毕竟是火花，不是火炬，不是夜明珠，不是金子，没办法长久保持它的生命力。

“真”随着时代的变化需要不同的文化载体，这就是为什么老子和孔子会诞生在中国，释迦牟尼要出生在印度，他们是奔着特定的因缘去的，奔着他们特定的土壤去的。可以把他们看成是种子，他们是在寻找属于自己的那一块土壤。但是他们的目的一致，都是为了演说那一个字：真。

通常情况下，它以爱体现。

一个正直的文化人应该向这个世界发出正直的声音，那就是爱，没有区别的爱。

我特别喜欢“众生”这个词。在古人看来，不但人是一个共同体，动物也被纳入这个共同体中，统一叫生物，叫“众生”，叫“有情”。

在古人看来，所有的生物，包括一草一木，和我们都是平等的。带着这样一种心态去面对世界，心里就会充满快乐，因为满眼都是我们的“父母兄长”，都是我们的“兄弟姐妹”，如此，我们就不会在看到一只小羊羔的时候把它视为盘中餐，在看到一只大雁的时候把它视为碗里羹。

让所有人都成为自己的利润对象，事实上已经成为现代伦理。当我们制定一个商业政策或者营销方案的时候，我们是不是把对方看成我们猎取的对象？我们有没有想过我们的这一个商业计划、写作计划是为了满足对方，是为了关爱对方？很少。我们都想着如何把对方据为己有，把对方腰包里的东西据为己有，把对方的心灵据为己有，却很少想过把我们的光明辐射出去，用我们手中的蜡烛去点燃别人。

这是一个掠夺逻辑，因此，大家都活在焦虑之中、不安之中，没有幸福感，没有快乐感，没有安全感，这是因为大前提、大方向是错误的。

古语“求之不得”告诉我们，以一种欲望的心态向大自然和本体世界去索取的时候，它不给予，因为它知道这种需求是物质的，不是本源的。

由上可知，天堂就在我们的心里，只不过我们已经迷失了它，我们已经找不到通往天堂的路。

如此看来，文化是道路，是方向，文学亦然。

归于大同

一次演讲时，有学生给我递纸条，问怎么样才能获得好运气？我说，只要你是一个吉祥的人，就会时时刻刻在如意里，这是一个天然的关系，也是一个必然的关系。

古人的逻辑是，积善之家必有余庆，积恶之家必有余殃。就是说家族也好，人也好，只要从善，肯定有好的结果。

什么叫好运气呢？好运气就是在为别人着想、为群体着想时自然开出的花，好运气是爱的副产品。财富是从哪来的呢？好多人以为到庙里面去烧一炷高香，就能发财。不是的。如果这条路线能够走通，那庙里面的神也不是神了，不值得我们尊重了。

财富到底是从什么地方来的呢？

古人的逻辑其实很简单，就是种瓜得瓜，种豆得豆。我把它称作“瓜豆原理”。现代人的逻辑呢？种豆得瓜，这是一种投机逻辑。股票和彩票的逻辑就是一种投机逻辑，每一个人都想通过注入两块钱赚得一百万，而财富的总量就是那么一块，但每个人都想以少换多，不是投机逻辑是什么？所以，美国要爆发次贷危机是必然的，是迟早的，是不奇怪的，它是这个逻辑之树结出来的必然恶果。

原本财富就这么多，它不会因竞争技术的提高而使总量增加。非正常发展越快，消耗就越快，塌陷来得也越快。

当年孟子见梁惠王。梁惠王说，老先生，您不远千里而来，有什么有利于我的国家的高见吗？孟子回答道，大王，您为什么一定要言利呢？只要有仁义就够了……上上下下互相争夺利益，那国家就危险了。在拥有万辆兵车的国家，杀掉国君的，必定是拥有千辆兵车的大夫；在拥有千辆兵车的国家，杀掉国君的，必定是拥有百辆兵车的大夫。在拥有万辆兵车的国家里，这些大夫拥有千辆兵车，所得不算是不多了；在拥有千辆兵车的国家里，这些大夫拥有百辆兵车，所得不算是不多了。而如果轻义而重利，他们不夺取国君的地位和利益是绝对不会满足的。但没有讲仁的人会遗弃自己父母的，没有行义的人会不顾自己君主的。大王只要讲仁义就行了，何必谈利呢？

孟子已经意识到上下交相征利的时候，就是国家要灭亡的时候，因为争利的结果是公义的丧失。现代社会不但是一个争利的社会，还是一个刺激争利的社会。而争利的结果是毁灭。

中国古老的逻辑讲“合”，字面看是“一人一口”，有锅大的一块是一人一口，有碗大的一块也是一人一口，不要全给你或者全给他，这就是大同啊！

现在阅读当年的《共产党宣言》，发现“共产”其实早就流在中国古老的逻辑河流中，只不过我们在追求这个理想的过程中，可能因为条件不具备或者说还没达到那个程度，没办法看到我们当年所描绘的那一幅美景，但是它的方向是没错的。事实上所有的智者创造思想体系的时候，都是殊途同归的。儒释道三家，都在讲“一”，都在讲“大同”。

当“共产”成为一种自愿，而不是强迫，也许就是“大

同”到来的时刻。

释家说，众生平等。这四个字里蕴含着无尽的关怀和真理。在这个沸沸扬扬、硝烟弥漫的世道里，每一个发动战争的人，每一个为战争去游说的人，根本就没有弄懂什么叫人；他把手放在胸口称赞上帝，但他根本没懂上帝。

当然，这个世界也有一部分人可能需要用一种强制的手段教育他，但是教育不等于消灭，所以，孔子当年在大地上奔走，用教化、用教育解决人的烦恼；而释迦牟尼提供的是一种更极端的方式，他甚至连王位都放弃，从皇宫里逃跑，出去做一个苦行僧，他要用这样的方式找到一种大爱、大自在、大幸福，他觉得权力解决不了问题，金钱解决不了问题，军队解决不了问题，这些都解决不了人的烦恼，他要为人们寻找一种真正幸福的方式。

圣哲提供的就是这种东西，包括老子、庄子，有人请庄子去做宰相，他不去，宁愿做泥塘里面自由的龟。

这又回到价值取向的问题了。

道家的无为并不是消极不做事。无为是什么意思？

无为就是不要为欲望去做事，不要为感官去做事，无为就是我们刚才谈到的“舍得”。

舍掉那种短暂的形而下的东西，而去证得永恒，这叫无为。就像一个杯子，要让它装水，就必须空着，这叫无为；把物质占领的空间空出来，让灵魂得以滋养自在，这叫无为。

现在有些父母不敢让小孩去看老庄哲学，认为会让人消极，那是没有读懂老庄。有些人甚至不敢给自己的小孩提禅宗提佛学，认为那也是消极，这也是一个天大的误会。

大乘佛教是和儒家哲学一脉相承的，打个比方，就是我们常说的全心全意为人民服务，只有如此，才能大成就。它消极吗？

当每一个学子都带着一种为大家服务的心态去学习的时候，那种动力，还需要父母督促吗？还需要老师督促吗？不需要了，他已经把学习变成一种快乐了。他会把“苦其心志”作为乐途，为什么呢？“天将降大任于是人也”。

现在，有不少老师一上讲台就跟学生讲，你们要好好学习，将来才能买到大房子，才能找到漂亮媳妇，才能过好日子。这种教育的方向堪忧。

我们现在给孩子提供了太多反常识的东西，这样教育出来的孩子，不懂得如何去表达自己的一份孝敬，不懂得如何去表达自己对师道尊严的一份理解，更别说对世界对宇宙了。

止于至善

我们应该重新打量“敬畏”这个词。现在的不少决策者、开发商，面对自然时心里可能没有这个概念，只想着经济指标，没有想到如果把地球比作一个人，我们已经快要抽干它的血，快要吃完它的肉，正在敲骨吸髓了。

一些科学家预测，如果按照目前这个速度发展下去，地球还能不能让人类生存都值得思考。那我们的子孙后代怎么办？搬到其他星球去住吗？

这几年我写传统节日比较多，因为节日是中国古代非常经典的一种天人合一的方式，一种回到岁月和大地的方式。不然，我们虽然在大地上生存，但是已经忽略了大地；我们虽然在岁月之河中穿梭，但是已经忽略了岁月。

恰恰是给了我们生命以保障的东西，我们反而忽略了它，比如水、空气、阳光、时间、空间，还有爱。

我们可能满眼都是别墅、高楼大厦，却看不到空气，看不到阳光，看不到水，更看不到时间和空间，还有爱。

就是说，最有恩于我们的东西，我们倒对它熟视无睹，这是我们现代人最要命的一个缺失。

而传统节日事实上就是以一种强迫的方式让我们面对土地，面对岁月，感谢后土，感谢造化，珍惜资源，珍惜恩情。

造化创造了万物，或者说万物都是它创造的，那么万物都是它的孩子。所以，古人讲，大地无言，万物生长，日月无语，昼夜放光。如果我们有足够的细心去打量，就会发现大地真是太伟大了，它生长鲜花生长庄稼生长快乐，同时它也承载污秽承载坏苦承载灾难，我们每天把多少脏东西给它，但它没有怨言，从来没有说要选择哪一部分，拒绝哪一部分，而是全然接受，它表达的是一种平等、一种无分别。

想想它的这种无言、这种大爱！

如果我们读懂了大地，就明白了什么叫爱，什么叫善，什么叫美。日月也一样，也没有根据自己的好恶去选择照耀哪一个人。

中国古人有一个词叫“布施”，用现在的话说就是奉献于对方，这个奉献有物质的，也有精神的。

作家应该带着一种布施的心态去写作，这个布施不是给读者一块金或银，而是给他一个火种、一杯水，让他那一颗明珠恢复到本来面目，让他本有的心灵明珠焕发出光彩，这也就是感动发生之所在。

就像一只困在笼子里面的鸟，当别人帮它打开笼门的时候，当它在天空翱翔的时候，感动发生了吗？肯定发生了。所以说，文字是一条回家的路，更为准确些说，从“真”那里来的文字是一条回家的路。

从这个意义上来讲，文字不但是一条回家的路，也是打开自己的一个方式，一串钥匙。

一个被捆绑的人是没办法自己打开自己的，必须有一个第三者去打开。几千年流传下来的古圣先贤的教诲，那些经典，其实就是一串又一串的钥匙。

在我看来，现在不是文学已经死亡了，文化已经衰落了，是我们文化人自己把自己的行情搞坏了。因为每个人都有心灵中所缺失的那一块，作为作家，只要我们能满足他的缺失，能够填充那一块缺失，文学就不会死亡。

只要人存在，文学就会存在。

我们为什么要悲观呢?

我们之所以悲观，是因为找不到读者心中缺失的是哪一块东西，因而没有自信。当真正懂得了读者心中的缺失所在，随着人口的增加，文学应该是与之成正比例发展的。而事实上，现在的文学有点不景气，作家应该从自身去找原因。

期待把弄反的文学正过来。

在生活中应用安详

当一个人以执玉的姿态守身行事，他的人生还能不精彩，事业还能不顺遂吗？

最大的危险是一个人的放浪，所有的失败者都是被自己心中的浪头打翻的。

斜日起憑闌垂楊
舞暮寒
畏庵居士写
庚戌十月

安详既能让富者贵，亦能让贫者尊。

当一个人内心存有安详，仅仅从一餐一饮、半丝半缕中，就可以感受到世界上最大的幸福。否则，即使他拥有世界，也可能和幸福无缘。

对于生命来说，安详既是目的，又是方向。

让我们一同在安详中获得生命的尊严和幸福。

生命的方向

现代人最大的焦虑是什么？

没有方向感。

以教育为例，不少老师告诉我，每天上讲台时内心很恐慌，因为找不到方向感，不知道该给学生讲什么。

教师如此，学生尤甚。因为教育本身失去了方向感，孩子自然也就没有方向感。许多学生高考后填报专业时不知如何选择，既不知自己到底喜欢学什么，又不知自己将来究竟要做什么，唯一可以依照的就是从别人那里听来的哪个专业就业好、挣钱多，至于自己到底喜不喜欢这个专业，置之不论。

方向感对于生命的重要性，无须多言。一列火车，如果方向正确，速度越快越好；假如相反，越快越糟糕。

细节决定成败，这句话已经成为人们的口头禅，却没有谁说方向决定成败。生命的绚烂和精彩、快乐和幸福，固然来自细节，更来自一个正确的方向。

要让孩子好好学习，就要让他感受到学习的快乐；要让官员不贪，就要让他找到比贪更快乐的东西……追求快乐是人的本能。

诸葛亮为什么不贪？因为他觉得静以修身、俭以养德、澹泊明志、宁静致远比贪更快乐；范仲淹为什么不贪？因为他觉得“先天下之忧而忧，后天下之乐而乐”比贪更快乐；于谦为什么不贪？因为他觉得“粉骨碎身浑不怕，要留清白在人间”比贪更快乐。

文化的义务可能就是帮人们找到一个快乐的方向。比如孔子，比如老子，比如庄子。

但是，古圣先贤用生命给我们开辟的快乐道路一度荒芜了，人们或无法找到，或无缘找到，或不愿意找到。

现代人生活在一种巨大的茫然中，一种没有方向感造成的巨大的茫然中。由此，方向的选择成了现代人的

集体焦虑，也是最大的焦虑。

摘录几段日本科学家江本胜所著《水知道答案》中的文字：

把水装进瓶里，我们在纸上写了一些字，把字面朝里贴在瓶壁上。我想知道分别给水看“谢谢”和“混蛋”这两个词，它们的结晶有什么不同。

结果揭晓时，真的又令我大吃一惊。看到“谢谢”两个字的水结晶，非常清晰地呈现出美丽的六角形；而看到“混蛋”两个字的水结晶，像听到重金属音乐的水那样，破碎而零散。同样地，把“让我们做吧”这句话贴在瓶子上给水看，它的结晶就很整齐；采用命令式口气要求它“一定要做”，它甚至无法形成结晶……

当我开始研究水的时候，心里就曾有一个愿望，那就是尽可能地帮助更多的人恢复健康。我确信，有些疾病不仅仅在于个人问题，很多还源于整个社会的扭曲。

如果不改变这个扭曲的世界，恐怕在肉体上患病的人数不会减少，患有心理疾病的人也无法得到救治。

那么让这个世界扭曲的到底是什么呢？是心灵。扭曲的心灵影响到全世界。

正如一潭积水中有一滴水落入，就会有无尽的波纹扩展开来一样。只要有一个人的心灵产生扭曲，他就可以影响周围的人群，乃至影响到整个世界。

世界正在向我们发出祈求，它想变得更美，它在向我们祈求一种达到极致的美丽。请回想一下我们最初的定义：人是水做的……

如果所有人都心怀着爱与感谢，连法律的存在都会显得多余。现在相信你已经知道了答案——“爱与感谢”将是引导整个未来世界的关键……

水是如此，那么粮食呢？一草一木呢？飞禽走兽呢？人呢？

其实，我们老祖先很早就发现了这一点，他们把这个世界叫“有情世界”，把一切生物叫“众生”，甚至直呼“有情”。

曾有朋友向我诉苦，他面临很大的经济压力，原因是妻子患上了一种美容强迫症，两人的月工资还不够她半月的开支。我说我可以帮你解决这个问题。他惊喜地问是什么好办法。我就给他介绍了江本胜先生的《水知道答案》。我说只要她认真看了这本书，自会把进美容院的那些钱省下来捐给灾区。我说你想想，人的体内有百分之七十的水，假如有无数的人向她发来感激的信号，那么这些水的纹理就会变得特别漂亮；这些水的纹理全变漂亮，人还能不漂亮吗？他说这真是一根不错的救命稻草。

江本胜的这个实验，不但是美容原理，还是美体原理、美心原理。它让我们明白，美在给予，健康在奉献。如果整个人类都处在一个巨大的、连绵的、爱的、感恩的对流中，那么岁月就是甘露，大地就是乐园。

因此，《水知道答案》这本书，完全可以作为所有行业的职业道德教材。如果每个人都带着祝福的心态、感恩的心态去工作、去生活，带着为自己积累世界上最为漂亮的生命之水的纹理的心态去供职，那么纪律还有强迫感吗？制度还有约束感吗？

这也就是古代那些有名的江湖郎中看完病一不收财二不收礼三不留名的原因。他们要什么呢？就要一个感激，甚至连感激都不要，就只要做了好事之后的那种幸福感。

想想看，假如每一家医院的大夫都能像他们一样，现在的医疗环境该是什么样子；假如每一所学校的老师都能像他们一样，现在的教育环境该是什么样子；假如每一个公务员都能像他们一样，现在的公务环境该是什么样子。

由此，我们不难得出结论，生命的方向到底是什么。

经典的爱情

曾有女作者来找我，说她遇到了人生难题：有两个条件不相上下的男孩追求她，让她难以取舍，问我如何是好。

我说这好办，你去调查，谁最孝敬老人你就选择谁，肯定没错。

女作者十分意外地看着我，问，为什么呢？

我没有直接回答她，而是给她讲了两则故事：

某医学院外科实习基地进行解剖课实验，从市场买进十条狗，其中九条一次性完成了麻醉，可是有一条无论如何无法完成麻醉，多大剂量的麻醉药都无济于事。最后，指导老师只得让实习生强行把这条狗绑在手术架上。当手术刀从这条狗的腹部划过时，大家都惊呆了，原来它正怀着小狗。

一架飞机在飞过茫茫雪原时失事了，一对母子幸免于难。但因为是茫茫雪原，搜救的飞机无法找到目标，做母亲的眼看着飞机一次次从头顶飞过，就是发现不了他们。这时，这位母亲做出了一个决定，她咬破自己的血管，让鲜血染红了身边的雪层，让飞机得以发现目标，让她的孩子得以获救。

我们当然不希望这样的故事发生，但我们每个人可能都体会过同样的母爱、父爱。

有人说，上帝忙不过来，就创造了母亲。对于我们来说，母亲就是我们的上帝，她的身上蕴含着上帝的情感和品质。

想想看，一个连母亲都不爱的人，怎么可能爱你一生呢？一个连自己父母都不孝敬的人，怎么会爱你一辈子呢？

这位女作者说这倒是个好办法，就去调查。

可是过了段时间，女作者又来找我，说两个男孩都非常孝敬老人，您还有什么好办法吗？我说你再去调查，看谁最尊敬师长，你就选择谁。她同样十分意外地看着我，问，为什么呢？我就问她过去把老师叫什么？她说叫“sh ī fu”。我问她怎么写。她写成“师傅”。我说错了，应该是“师父”。我说造这个词的人真是太伟大了，他告诉我们，亲生父母给我们血肉之躯，老师给我们智慧之躯，都是“父母”。一个连给自己智慧之躯的老师都不尊敬的人，能和你举案齐眉地过日子吗？

我同样给她讲了几则故事：

宋朝理学家杨时从小聪明伶俐，四岁入村学，七岁写诗，八岁作赋，人称神童。有一天，杨时与他的学友游酢因对某问题持不同看法，便一同前往老师程颐家请教。时值隆冬，天寒地冻，朔风凛凛。二人匆匆赶至老师家时，却发现老师正坐在炉旁打坐养神。二人不敢惊扰，恭恭敬敬侍立门外，等老师醒来，二人已通身披雪，脚下的积雪已一尺多厚了。

丰子恺先生的《护生画集》是怎么来的？初衷是为了给师父弘一法师祝寿。1929 年，弘一法师五十寿辰，他画了五十幅护生画给师父祝寿；1939 年，弘一法师六十寿辰，他画了六十幅护生画给师父祝寿；1942 年，法师在泉州圆寂，但丰子恺先生并没有停止对师父的祝福，依然十年一集，每集画幅和师父的冥寿一致，直到他自己去世。1979 年，新加坡的广洽法师把六集合在一起，化缘在香港出版，就是现在广为流传的《护生画集》。

我每次翻阅这部画集，都会被他们空谷足音似的师徒情谊感动。请问，这样的心灵美景，在哪里还能看到？没有任何功利目的，有的只是纯粹的祝福、纯粹的怀念。

而孔子所体会到的这种来自师生情谊的幸福，更是无出其右了。颜回有多次出仕的机会，但是为了早晚陪伴师父，他都一一拒绝了。有次在卫国，师徒被变故冲散，颜回最后才得以回来，孔子心有余悸地说，我以为你已经死了呢！颜回说，先生未死，我岂敢死！多么感人！

在一些学校，当我给学生讲要无条件地尊敬老师时，有学生说，现在的老师不值得我们尊敬。我问为什么。学生说，没有师德，谁的爸爸官大，上课就提问谁；谁的妈妈有钱，就给谁开小灶；还有些老师，上课时不好好讲，留一手，为的是让学生下课后到他们家去补课，赚补课费；等等。我说，老师做得不对，那是他的错误；但是，作为一个学生，尊师应该是无条件的。

曾有好友告诉我，他有次上街，看到一个高中生跪在那里化缘，面前是一张告示，大意是考上某大学，却因家境贫寒付不起学费。他觉得挺可怜的，就给了五十块钱，不料后来有人揭发那是个骗子，他就很懊丧。我说，没关系啊，他骗你是他做人的失败，但你在拿出那五十元时，已经完成了一份爱心。

一天晚上，我和一位朋友在办公室聊完天回家时，听到女厕所里的水哗哗响，我连着问了两声“有人吗”，里面没有人应，就进去关掉了水龙头。出来后朋友笑我。我说，听着水这样哗哗地流，心里就难受。朋友说你又何必，大家都在浪费，靠你一个人能给地球节约多少？我说别人怎么做我管不了，但我可以管住我自己，当我把水龙头关上的那一刻，我的内心是快乐的，我已经知足了。在如此顺便的情况下，收获了一份快乐，何乐而不为呢？

尊师也同样。不管老师如何对待我们，当我们的心中有一个“尊”时，我们的心灵已得到升华，同时也给自己营造了一个良性的智慧场。换句话说，尊师本质上是让我们从内心深处升起一个“敬”，升起一个对待智慧海洋的“敬”，只有具备了这个姿态，我们内心才能形成一个顺差，智慧的大门才会向我们打开，智慧的甘泉才会流进我们心田。可见，尊师事实上是对未知世界的尊敬，是对智慧世界的尊敬，因为老师是这个智慧世界的代表，或者说是媒介。

更何况，当一个老师处在被尊敬的状态中时，他也会为这份尊敬而严格要求自己的。

寒假，有个亲戚硬把他的儿子送到我家里来，让我教他安详。被逼无奈，我就答应了，不想这一答应，麻烦就来了。从此，时时处处都觉得有双眼睛在盯着自己，让你一举手一投足都要做出一副老师的样子来。我这才理解了什么叫教学相长。每天看他的改过笔记，发现其中好多都是我也正在犯的，我就马上改，偷偷地改。而节日到来，家长按照古制十分真诚地来给“老师”祝节，就更觉得不能辜负了人家，一定要严格要求自己，努力做出一个样子来，才能对得住这份祝福。由此明白了一个道理：

如果说还有一种力量能够改造世界，那就是感动。

同时明白，现在之所以没有经典的老师，可能是因为没有经典的学生。当学生撤去他的那份尊敬时，老师也就收回了他的那份责任。同理，没有经典的学生，是因为没有经典的老师。当老师收回他的那份责任时，学生也就撤去了他的那份尊敬。

一个瓦解师道尊严的恶性循环就这样形成了。

过了段时间，女作者又来找我，说，他们都非常尊敬老师，还是难分伯仲。我说那你就让他们每人请你一顿，看谁点菜恰到好处，谁最后把盘子吃得最干净，你就选择谁。她同样十分意外地看着我，问，为什么呢？

我说你想想，一个人一天能离开粮食吗？能离开水吗？没有粮食和水，我们能生存吗？从另一个角度来说，粮食和水也是我们的父母啊！从一个人对待粮食的态度，最能看出他有没有一颗爱惜之心。一颗种子，从播种到收获，其间包含了多少耕耘的辛劳和造化的慈悲。“足蒸暑土气，背灼炎天光。力尽不知热，但惜夏日长。”且不论日月精华，天地灵气，单说耕种者插秧除草，施肥松土，收割打谷，真可谓“粒粒皆辛苦”。一个人如果对维持自己生命、一餐不能相离、饱含着无数辛勤汗水和天地造化的粮食都不能珍惜，有可能珍惜你的感情和付出吗？

白居易有感于百姓劳苦贫困，自己无功无德，却能丰衣足食，作《观刈麦》诗：“今我何功德，曾不事农桑。吏禄三百石，岁晏有余粮。念此私自愧，尽日不能忘。”《朱子家训》告诫后代：“一粥一饭，当思来处不易；

半丝半缕，恒念物力维艰。”认为珍惜粮食，节约物力，是治家修身之道。《楞伽经》说：“计功多少，量彼来处。忖己德行，全缺应供。”意思是说，这顿饭菜的来处包含着多少造化的慈悲和耕耘的辛劳，想一想我的德行，配享受这些美味吗？

有个年轻人首次去未来的岳父家吃饭，女朋友一家当然盛情款待，做了一桌子的好菜好饭。盛饭时，女朋友把一撮米掉在了地上，却似没事一般，不理不睬，继续盛饭。这个年轻人从小家境贫寒，父母都是农民，掉在地上的饭粒从来都是立马捡起来吃掉的，当然无法忍受一撮米掉在地上，就寻机迅速捡起那撮米喂进嘴里。不料被女朋友看到了，女朋友认为丢了她的人，哼了一声，拂袖而去。这时，未来的岳父发话了，厉声叫住女儿，命其坐下，然后宣布：我们家向来民主，但今天我专政一次，这小伙子就是我的女婿，就这么定了。显然，这是一位有智慧的老人。

过了段时间，女作者又来找我，说这两个家伙点菜时都十分切合实际，最后都把盘子吃得十分干净，现在怎么办？我说那你就去考证，谁的父母最大限度地做到了孝敬老人、尊敬师长、珍惜粮食。女作者说，假如仍然不分上下呢？我说那你就去考证他的爷爷奶奶。

至此，我们已经不单单是在择偶了，而是客观地加入中华文明传承的行列里。如果每个中国人都这样做，就会促使为人父母者不得不做一个好人，否则他的儿子就找不到媳妇，女儿就要做老姑娘。民间之所以信奉“前院的水不往后院流”，就是这个道理。古人讲“门当户对”，也是这个道理。这个“门”，并不一定要是“侯门”，而绝对要是“善门”；这个“对”并不一定要“势对”，而绝对要“淑对”。

一个天意一般的传承的大秘密，居然就在这里藏着；一个天然的自动化的灵魂环保系统，就是如此不动声色地发挥着作用。

据说，当年孔家向颜家求亲，颜父一听是孔家，立即同意了这门亲事。颜母说，女儿的终身大事，怎么能如此草率，也不去考察一下，至少应该见一下当事人。不想颜父说，不用，孔门乃积善之家，不会有错。

颜父的话果然应验，女儿嫁过去生的儿子后来成了圣人不说，而且家道两千余年不衰，至今家谱已经记载到七十几代，仍未有衰相。

这是一位多么英明的父亲！

颜父的逻辑是，只要是积善之家，他的儿子肯定不会有错。这是一种怎样的信任！

讲了这么多，概括起来就是三个字、三句话。

三个字是：孝、敬、惜。

不占我们多大的大脑内存，每天起来，就念叨几句“孝、敬、惜”，然后按照它的频率开始一天的生活；晚上睡觉前，再念叨一下“孝、敬、惜”，检查我们是否做到了。不久，我们的人生就会有大的改变。

三句话是：

一个不孝顺老人的人，他信誓旦旦地宣称会一生爱你，那是假的。

一个不尊敬老师的人，他信誓旦旦地宣称会一生敬你，那是假的。

一个不爱惜粮食的人，他信誓旦旦地宣称会一生疼你，那是假的。

财富的秘密

财富是人的另一个焦虑源。穷人患得，富人患失。患得患失，是财富跟世人玩的一个游戏。这个游戏之所以让人们痛苦不堪又乐此不疲，是因为我们没有看破财富的真相。

“拥有财富”是一个错误的概念，正确的叫法应该是“保管财富”。我们费尽周折把一块美玉弄到手，看上去美玉在我们手中，事实上到我们手中的只是几十年时间，几十年之后，它属于另一个人。

我们都是保管员。

既然如此，我们何必为之焦虑？

古人认为，财富来自布施，所谓“舍得”，大舍大得。在这里起作用的是一个数学原理，种一收百，种百收千。

我小时候不懂人们为什么把范蠡和关公尊为财神，后来才发现这一“尊”，真是再高妙不过。

尊范蠡为财神是因为他懂得财富的秘密：千金散尽还复来。只有“散尽”，才能“复来”。

当年，范蠡带着西施逃离越国到齐国做生意，从小生意做起，没多久就发了大财，可旋即他们就举财布施，把财富统统布施给穷人。然后又从小生意开始做起，结果没多久又发了大财，然后再布施。如此三聚三散。以散为聚，以舍为得，真是聪明到家、智慧到家，当然最终是爱心到家。

人们尊范蠡为财神，还在于他的知足。古人讲，知足为富，人敬为贵。假如他不知足，帮越王办完事后，肯定不会那么快就离开。结果会怎么样呢？文种的结局就是下场。

越王在范蠡的帮助下打败吴王，成就了霸业，但庆功会上独少范蠡。原来他隐姓埋名，逃到齐国去了。他在齐国给文种写了一封信：“高鸟已散，良弓将藏；狡兔已尽，良犬就烹。夫越王为人，长颈鸟喙，鹰视狼步。可与共患难，而不可共处乐；可与履危，不可与安。子若不去，将害于子，明矣。”文种不信，终成剑下之鬼。

文种真不信？

想也未必。那是什么让他流连忘返，让他迟迟“不去”？

而尊关公为财神，那是因为古人明白，忠信才是这个世界上最大的财富，才是取之不尽、用之不竭的财富。

财富是一次“结果”，是善良、忠诚、信誉之树“结”出来的“果”。

汶川地震后，有个乞讨者把她辛苦化缘所得的一包零钱全部捐了出来，这是多么珍贵的品质。她也是财神。

人有善愿，天必从之。自古以来，大财富拥有者也多是大慈善家。或者说，大财富拥有者和大慈善家是一体之两面。

财富的机密应该是：

造化给你财富，那是因为他对你的信任；造化给你好运，那是因为他对你的赏识。除此之外，没有别的生财之道，也没有别的走运之道。

如果一个人对苍生有益，造化肯定会使他走红；如果一个人对苍生无益，造化迟早会封杀他。因此，一个人的自信，其实是对爱和奉献的自信。

“求之不得”，这是一个词语，更是一个秘诀。为什么求之不得？因为造化不喜欢那些“求”的人。

财富是一种给予，就像权力、爱情、荣誉，包括好运，都是一种给予一样。

财富还是春种秋收。某个人发了大财，看上去是发了大财，事实上是他的麦子熟了，收获的季节到了。

如果一个人春天没有播种，秋天收获什么？当然颗粒无收。

同时，在我看来，发大财还是发小财，也是一个“瓜豆原理”：种瓜者收获不了豆，种豆者收获不了瓜。

可是现在有不少人种豆却想收瓜。这些人生产的食品会吃死人，酿的酒会喝死人，盖的楼房会压死人，拍的戏会看死人，出的书会读死人。

一夜之间，一块钱变成一百万，这是多少人甜蜜的美梦。人人都想把一块钱变成一百万，那个一百万从何而来？金融危机就这么到来。

什么是资本？最大的资本应该是对资本的清醒。

古人还讲，子贵为富，真是高妙。

儿子在北京上大学。一次我到北京出差，正碰上他放寒假，他邀我同坐火车；可是已经买不到火车票，我就动员儿子转让掉那张火车票和我一起坐飞机回。儿子坚决地说，等他啥时能赚够机票钱再坐飞机，否则，就一直坐硬座。在我看来，儿子的这句话值一百万。

儿子还说，钱这个东西，只不过是银行账户上的一串数字，说有就有，说没就没，一夜之间。

还真让我对钱有了新的认识。

俗话说，养个儿女比我强，要他银钱做什么；养个儿女不如我，要他银钱又做什么。

就是说，如果儿女有出息，他不需要你的金钱；如果儿女没出息，你的亿万资产在他手中也可能顷刻化为乌有，且会害了儿女。古人早就看到这一点，因此才有“勿以嗜欲杀身，勿以财货杀子孙”，“积金以遗子孙，子孙未必能守；积书以遗子孙，子孙未必能读；不如积阴德于冥冥之中，以为子孙长久之计”，“善为至宝一生用，心作良田百世耕”的劝勉；才有“道德传家，十代以上；耕读传家次之；诗书传家又次之；富贵传家，不过三代”的告诫。世界首富比尔·盖茨有三个孩子，他却表示：“我不认为这些巨额财富对他们有什么好处，我将在余生捐光我所有的家产。孩子们每人只会得到我财富的很小一部分，这意味着他们将不得不自食其力。”数据显示，从2007年到2012年间，他就向慈善事业捐出二百八十亿美元。

古人还讲，平安是福。

眼下，我的父母都是八十多岁高龄的人了，还能下地干活，在我看来，也顶一百万。

他们的一生虽然普普通通，但大幸福就在普通里。想想看，当下有多少“富人”，成天处于疲于奔命的状态，顶着有可能随时到来的危险，包括牢狱之灾，提心吊胆地过日子，这样的财富拥有，到底有多大意义？而且时时招人嫉妒，处处有可能被暗算，真是如激流泛舟、悬崖走马，安危系于一线。

没有安，何谈享？

要想明白财富，就要首先明白增值。

就像我们给水池蓄水，入流虽大，但若有孔，水也难存；如若无孔，即使入少，水也看涨。又像我们吃梨，如果狼吞虎咽，即使三个五个，也难知味；如果能够专注于牙齿咀嚼梨子的每一次闭合，体味着味蕾如何接触沁凉的甘甜，虽啖一梨，享受却远超过狼吞虎咽。

给生命提供增值的，正是安详。一种明察的生活、洞悉的生活、真相的生活、回归的生活、无漏的生活、享受的生活，就是安详。

安详不是加法，也不是减法，而是乘法。

这个乘法，在我看来，才是真正的财富。

这时，我们就会明白，当年弟子问佛陀，若有人拿出一块像须弥山那么大的金子布施，值钱吗？佛陀说，值钱，但还没有他给别人一句唤醒灵魂的话更值钱。

可见，最大的财富是智慧，是安详。

常识的价值

“安详”是一个形容词，但我却把它看作一个因果关系，那就是：只有“安”，才能“详”；只有“大安”，才能“大详”。

《尔雅》注“安”为“定”，《周书》注“安”为“好和不争”；《说文》注“详”为“审议”，《书》注“详”为“审察”。

当一个人真正能够得定，他的身心自然轻安。而一个人只有真正身心轻安，他的心灵才会变成一个纯粹的镜面，世界在它面前才不变形，不打折扣的审议才能发生，真正的审察才有可能，否则那个“察”一定是“谬察”。

而明察是我们正确表达世界的前提，也是我们正确改造世界的前提。

如果我们把“安”视为“定”，那么“详”就是“慧”，而“定”和“慧”的前提是“戒”。由此，“戒”就成为关键。

这个“戒”，说穿了，就是常识。

要想拒绝小偷进屋，光有防盗门是不行的，光有铁护栏是不行的，更为重要的是，要让屋子里亮着灯。

亮着灯是最好的“戒”。严防死守并不是最好的办法，一味地堵并不是最好的办法。如果说，大多数人可能整整一生都待在黑屋子里，也许会让大家沮丧，但事实的确如此。如果我说我们把一口菜从盘子夹到嘴里，那个过程可能就有一百个小偷光顾过，也许大家会震惊，但事实就是如此。

那个小偷就是杂念。

当小偷在场的时候，主人肯定不在场；正因为主人不在场，小偷才敢光顾。小偷之所以敢光顾，是因为他发现我们的屋子黑着。

为此，“知道”就成了我们的生命线。知道你在吃饭吗？知道你在看电视吗？知道你在上网吗？知道你在接电话吗？知道你在走路吗？

说个故事：两个射手去应试，其中一个百发百中，另一个百发百不中，但师父最终收下了那个百发百不中的射手。人们百思不得其解。师父的回答是，那个百发百中的虽然命中了目标，但他却没有“命中”；那个百发百不中的虽然没有命中目标，但他却“命中”了。听上去像在绕口令——且听师父高论：那个百发百不中的，看上去偏离了目标，但他却没有偏离目标，因为箭射出的那一刻他是“知道”的；而那个百发百中的虽然训练有素，技术过关，但是在箭出弦的那一刻他是“睡着”的。

师父的标准是“知道”。

在这个过程中，我们重新理解了一个词“知道”：只有当你“知”了那个“道”，才是真正的“知道”。我们口口声声说“知道知道”，其实什么都不知道。

安详让人们回到现场，在现场感中体味幸福。

现场感是幸福的充分必要条件。

当我们能够回到现场，获得现场感的时候，就会在最简单最朴素的生活中体会到最丰饶最盛大的快乐。否则，即使跑遍世界，也无法找到真实的快乐；即使把“奋斗”二字嚼碎，也无法找到真实的幸福。

安详来自人们对真相的体认。

而要体认真相，就要让我们的屋子里亮着灯。

朋友告诉我，几位慈善家到贫困地区献爱心，大冬天，发现有一家的孩子大多光着脚丫，心里非常难受。他想，一定是艰苦的生活环境使这位母亲麻木了。我说不对，我们小时候那么困难，母亲也没让我们光着脚丫，现在总要比过去好得多；真正的原因是她没有把孩子光着脚丫看作是一个母亲的重大失职。

其实，在城里，也有无数这样的“光脚丫妈妈”。孩子回到家里，爸爸妈妈都不在，桌上是十块钱、一张便条：“买包方便面吃吧！”想想看，当孩子看到这个情景心里该是什么感觉？一些孩子拿着这十块钱去了哪里？极有可能是网吧。

当孩子在网上游戏、聊天的时候，爸爸、妈妈在干吗？也许在酒吧，也许在美容院。

这些孩子虽然没有光着脚丫，但他们“心灵的脚丫”是光着的。

更有不少孩子，他们“心灵的脚丫”早被冻伤了，而且终生难医。

据报道，2010年，我国有两百多万对夫妻喜结连理，却有一百九十六万对夫妻劳燕分飞。2011年第一季度，我国共有四十六万五千对夫妻离婚，较上年同期增长百分之十七点一，平均每天有五千多个家庭解体。这是一个多么让人心惊的数字！想想看，每天有五千多个家庭走向解体，意味着什么？意味着有多少个孩子成为“光脚丫”！

每次去少管所讲课，面对那些未成年服刑人员期盼的目光，我的心里都会特别难过。他们中间，甚至有人不知道父母为何人。但每次课前，他们却要齐声高唱《父亲》《妈妈的爱》这些歌。据警官介绍，这些孩子，差不多都有两个背景：要么有网瘾，要么有一个问题家庭。

可见，生存环境不是问题，问题出在责任感的丧失。

一个人连自己的孩子都不爱了，怎么能够去爱他人？而一个从小就没有感受到爱的孩子，长大之后会用爱回报社会吗？

一个没有爱的社会，是不是一个“光着脚丫”的社会？

说到底，这是一个常识问题。

暑假的一个晚上，我正要就寝，儿子端来一盆洗脚水，说：“爸，您洗完脚再睡吧。”我真是难以描述当时的激动，都有些语无伦次了，那么的不适，那么的紧张。这是怎么回事？太阳从西边出来了！第二天早晨，等我洗漱完，发现儿子已经把早餐做好了，我同样地“受宠若惊”。

按理，作为父亲，享受儿子的这种待遇应该是自然的、常态的，现在却有一种受宠若惊之感。为什么？

稀罕啊！

细想起来，这不能怪孩子！现在的孩子即使想孝敬父母，大都不知如何去做了。不少已经丧失了孝敬的能力，就像他们已经丧失了快乐的能力。

谁之过？

曾经看到一个先进经验报道：某地以儿子和父亲签协议的形式开展孝德建设。看完这个“先进经验”，我真是赞赏不起来，倒是有些酸楚。对于中华民族来说，父慈子孝是天经地义的事情，是最起码的常识，现在却要用“协议”来保障，这难道不是一个天大的讽刺？而现在，我们却把它作为经验来推广，可见孝道沦丧到什么程度。2011 年 12 月 22 日，中国人口宣传教育中心、中国社科院调查与数据信息中心在北京共同发布了《2011 年中国家庭幸福感调查》。在关于生活压力的调查中，受访者选择最多的是“婆媳、翁婿关系紧张”，占百分之七十五。看看这个，我们就会明白，当下社会，人们缺失了什么。

懂得养花的人都知道，浇花要浇根。而孝，在我看来，就是中华民族文化的根。中华民族之所以能够保持她的生命力，一个最为重要的原因就是中华民族是一个倡导孝的民族、倡导安详的民族。

不少教师埋怨，现行的应试教育让人无暇搞人格教育，包括孝道教育。我说不对，孝道的教育和应试教育并不冲突，相反还有促进。一个有孝心的孩子，自会好好学习，因为不好好学习父母不开心。

古人把孝分为四个层次：小孝养父母之身，即保障父母基本的生活；中孝养父母之心，即做让父母开心的事情；大孝养父母之志，即完成父母的理想；至孝养父母之慧，即做儿女的要安放父母的灵魂，让他们寿终正寝，了脱生死。

同理，一个有孝心的人也不会堕落。如果是一个孝子，他仅仅为了不给父母脸上抹黑，也不会轻易贪赃枉法，更不要说锒铛入狱让父母揪心。正可谓“身有伤，贻亲忧。德有伤，贻亲羞”，正可谓“其为人也孝弟，而好犯上者，鲜矣；不好犯上，而好作乱者，未之有也”。

这就像我们一直在争论的体制问题，我觉得不管哪一种体制，关键是它的领导人要有爱心，要有爱的能力。如果权力掌握在一个从小接受仇恨教育的人手中，“民主”也好，“集中”也好，都会变成仇恨的工具；如果权力掌握在一个从小接受爱的教育的人手中，“民主”也好，“集中”也好，都会变成爱的工具。

因此，能不能让孩子葆有一颗爱心，才是关键。

而孝心是爱心的根，这是常识。

要回到常识，就要求我们首先要回到阅读的常识。

现在有不少专家在给青少年开书单，书目确实很丰富，但我觉得同样应从常识开起。在许多名家开的书单中，鲜见“训蒙养正”类读本，比如《弟子规》，比如《朱子家训》，比如《了凡四训》，我觉得这样的书单是空中楼阁。也许专家觉得这些“训蒙养正”读本太简单了，开在书单上显示不出名家的水平。的确，它们十分简单，但正是这些“简单”，可能离成长最近，也离真理最近，因为它们是常识，是根。

“弟子，入则孝，出则悌，谨而信，泛爱众，而亲仁。行有余力，则以学文”（《论语·学而》）。在我看来，这才是根本的“书单”。一个人只有首先落实了最基本的道德和品格，才有可能具备学习能力，才能够不读死书，才能将知识转化为智慧，将所学落实于生活，才能够有主见有正见，举一反三，“告诸往而知来者”。

想必这也是司马光为什么要讲“德者，才之帅也”的道理。而“训蒙养正”的书籍就是让我们首先具备才学的根本——品德，再用品德来统帅才能。

再说，在这个疯狂的出版时代，开卷未必有益，家长和老师一定要替孩子甄别清楚。全球性出版机构麦格劳·希尔国际出版集团每年出版两千多种新书，以四十多种语言同步出版。中国亦是如此。三联书店前总编辑董秀玉曾经质问，当下中国，每天竟然有七百多种新书上架，请问我们生产出来的到底是书还是纸？这些数据告诉我们，当今书籍出版的速度远远超过了人类阅读的速度和能力，再能读书的人也不可能阅尽群书。所以，读书要甄别，不能什么书拿来就读。

在我看来，把一本好书读一千遍，比读一千本普通的书要受益得多。究其精神营养，当下以如此速度出版的书籍，一万句大概也比不了经典之一句。更何况，许多书本来就不是本着为读者提供精神营养而出的，说得严重一些，不少都是“毒品”。现代读书人中，有多少饮苦食毒者，真是无法估算。

阅读的标准在哪里？在我看来，仍是安详。

出版的标准在哪里？我认为还是安详。

为此，我给我主编的《黄河文学》提出“三个倡导”：“倡导办一份能够首先拿回家让自己小孩看的杂志；倡导办一份能够给读者带来安详的杂志；倡导办一份能够唤醒读者内心温暖、善良、崇高和引人向内向上的杂志。”

我是想借此倡导一种底线，一种“父母心肠”。我们编发的所有稿子，都要保持在“父母心肠”这个频道上。常识告诉我们，父母留给自家孩子的东西一定是最好的，谁也不忍心毒害自己的孩子。由此可知，先祖一代代为我们挑选出来的书籍肯定是最好的，而那些流传下来的家训无疑是珍宝中的珍宝。

所以说，无论是阅读，还是出版，我们都要到“父母心肠”那里寻找标准。

而要真正读懂一本书，需要我们换一个读的方法，那就是“做”。《弟子规》讲得好：“不力行，但学文。长浮华，成何人。”假如我们不去实践，即使满腹经纶，对生命又有什么意义呢？只不过是多长些浮华而已。《弟子规》就是让我们从常识做起，从一言一行、一粥一餐做起，从一件衣服怎么放、一个杯子怎么执做起。看上去平常，但事关宏远。

“执虚器，如执盈。人虚室，如有人”。假如我们不去身体力行，就无法体会其中的奥妙。我们可能懂得如何端着一个满杯，却并不懂得如何端着一个空杯；我们可能懂得如何身处满室，却并不懂得如何身处虚室。在我看来，“执虚器，如执盈”正是佛教精髓，它其实和“器”无关，而是借助这个“器”，让人反观自身，正可谓“观自在”。

就像通过草动而知风在，通过芬芳而知花在。

而“入虚室，如有人”是儒家精髓，它强调的是“守”，是“慎独”。“守”是一种本领，是一种功夫。想起来，“入虚室，如有人”不正是圣贤之道吗？那该是一种多么庄重的风度，又是一种多么浩大的喜悦啊！

而这个无比美妙的“如”却是通过“守”发生的。

守着，一寸一寸地守着，寂静又芬芳。

守身如执玉，还需要多说吗？

灿烂生命的秘诀，无疑就在这里了。

当一个人以执玉的姿态守身行事，他的人生还能不精彩、事业还能不顺遂吗？

最大的危险是一个人的放浪，所有的失败者都是被自己心中的浪头打翻的。

如此看来，每个人都是看守所，每个人都是“看”和“被看”者。

可见，安详才是常识中的常识。

最大的好事

古人曾说，但行好事，莫问前程。这话真是好。试想一下，当一个人超越了幻想，超越了企图，超越了担心，只问耕耘，不问收获，他能不快乐吗？

那么什么样的事才是最大的好事呢？

我认为是教育和文化。

而且必须要认定，教育和文化是需要我们战战兢兢、如履薄冰地去从事的。

百丈禅师每日上堂，常有一老人听法并随众散去。有一日却站着不去，师乃问："立者何人？"老人云："我于五百年前曾住此山。有学人问，大修行人还落因果否？我说不落因果。结果堕在野狐身。今请和尚代一转语。”师云：“汝但问。”老人便问:“大修行人还落因果否？”师云:“不昧因果。”老人于言下大悟。告辞师云：“我已免脱野狐身。住在山后。乞师依亡僧礼烧送。”次日，百丈禅师令众僧到后山找亡僧，众人不解，师带众人在山后大磐石上找到一只已死的黑毛大狐狸，斋后按送亡僧礼火化。

当年看到这个故事的时候，我心里一惊。一位法师因为讲错了一句话就被罚做五百年狐狸，那么，以牟取暴利为目的，不惜败坏世道人心的教育、出版和传媒工作者，将会被罚多少世？

这个故事警示我们，教育可能是危险的，文化可能是危险的，文学自不例外。

心理学告诉我们，一个人在做一些重大事情的时候，往往是由潜意识决定的，而潜意识是怎么形成的呢？有可能是老师讲过的一句话，有可能是我们念过的一句诗，有可能是我们读过的一本书。

如果一个人在人生道路的非常关口想起“人生自古谁无死，留取丹心照汗青”这类话，他就有可能做一个民族英雄，想起“过把瘾就死”“我是流氓我怕谁”这类话，可能就会做出另一种选择。

古人认为，凡是进入我们视线的信息，都会成为一粒种子种在我们的心田，只要是种子，迟早会发芽，迟早会影响我们的行为。

所以，孔子讲要“思无邪”，所以，佛经讲要“善护念”，要善于保护我们的念头。

如果我们每天阅读的是温暖的、崇高的、引人向上的读本，心田中种下去的也就是这样的东西；如果长期处在一种对抗的、矛盾的、仇恨的信息当中，久而久之，心田也会长满这样的东西。

古人认为，心平才能气和。《黄帝内经》讲健康的唯一途径就是心平气和。所有的非健康，都是因为气不和造成的，而气不和的原因就是心不平。

那么怎样才能心平呢？

训蒙养正。

但训蒙养正已非易事！

为什么呢？因为师道被破坏了。

父亲曾对我说，我爷爷当年带他去见私塾老师，一见面就行三拜九叩大礼。父亲说，在此之前他认为爷爷最值得尊敬，最权威，可那一天，爷爷的举动分明告诉他，老师更值得尊敬，更权威。以后还有什么好说的？对老师毕恭毕敬吧！

而现在，很多老师不敢批评学生，稍稍说重一些家长就会打上门来，教育的难度确实很大。

为什么现在的学生动不动就自杀？有一个重要的原因，就是我们的挫折教育不到位。

古人是非常重视挫折教育的。过去弟子提问时，老师不管学生怎么讲，先来一棒，即所谓“棒喝”。它除了让弟子回到当下外，就是要训练他在一切逆境面前保持强大的心理承受力，而现在我们的孩子缺乏甚至没有这种力量。

父亲说，当年被批斗，不少人都寻了短见，他却坚持活了下来，除了不忍丢下亲人，就是当年挨老师竹板的那些功夫起了作用。

近年来，国家非常重视教育事业，许多措施都是空前的，真是做到了《礼记·学记》中说的“建国君民，教学为先”，但遗憾的是我们的教育环境没有跟上来。到书店和报摊看看，《我拿什么勾引你》《一脱成名》等等充斥视野，让人不能不觉得牧养人们灵魂的文化正在走向低俗甚至色情化。被我们老祖先认为是神传的无比庄严的汉字，现在却被糟蹋到如此地步，怎不让人心生悲哀！

成功的秘诀

到一些学校讲课，常常有学生递纸条问：郭老师，能告诉我一个成功的秘诀吗？

我说，要问成功的秘诀，还真没有，但有句话我可以送给你，那就是：

“三心”走遍天下。

哪“三心”呢？如果我们把“孝、敬、惜”分别延展一下，就会变成感恩心、敬畏心、慈悲心。

先说感恩心。

古人说，受人滴水之恩，当以涌泉相报。试想，我们每天用掉了造化的多少滴水？仅此一项，我们怎么报答得了。还有，空气我们不会制造，阳光我们不会制造，但我们却在无条件地享用。

而它们，却从未向我们收取一分钱，这是一种怎样的慈悲？

面对这种没有缘故、没有条件、不计回报的慈悲，我们除了感恩，还能做什么？

我们再想想，一个人的成长道路上，洒有多少这样的阳光，以及阳光一般的母爱、师爱和慈爱？

单说父母的恩情，我们一生也难以报答。

山东电视台的《天下父母》栏目播过一则大导演翟俊杰的故事：

女儿小乐出嫁时，他说，爸爸要送你一件礼物。孝顺的女儿说，我什么都不缺的。他说，这件礼物你一定要收下。说着就从箱底拿出了一个珍藏多年的小瓶子。看着这瓶血红色的液体，女儿有些不明白是怎么回事。当他告诉她这是她母亲二十多年前的奶水时，女儿愣了一下，然后扑通一声跪下，泣不成声。

一瓶二十年前采集的母乳，二十年后变成了“血液”，仅这个意象就足以让我们震撼。

当心里的感激一次次变成泪水，我们这才明白，泪水是一种感恩的液体。

一个没有感恩心的人，上苍是不大喜欢的。当下社会，成功学成了最受人们关注的学说，但是，人们却忽略了感恩是成功最大的秘诀。看过一则故事：

一天，佛陀出去托钵时，在路上碰到一位年迈的婆罗门老人，拄着一根拐杖，捧着一个破碗，十分吃力地行走。佛陀看在眼里，怜悯在心上，加紧脚步上前扶着老人说，老人家，你走路这么不方便，为什么还要出来托钵，难道没有孩子照顾你？老人回答说，有，我有七个儿子，但是都娶妻成家了，他们有妻子要照顾，有孩子要养育，所以无法容纳我，把我赶出来了。说着抬头一看，认出是佛陀，赶紧跪下说，佛陀！您救救我！我到底用什么道理才能感化教育我的儿子？佛陀说，你什么都不要想，只要记着将你手中的拐杖用心拿好，走路时用心走稳，然后用最虔诚的心去感恩这根拐杖，因为它不但扶你走路，还帮你赶走恶狗，还帮你涉水时探测深浅，等等。这一切，你都要用心去感恩。如果你用心去做，就能感化你的儿子。老人有些不明白，却按佛陀的教导去做了。从此，他不再抱怨儿子，而是一心感念拐杖，时时刻刻都感念着拐杖的恩情。人们听到他边走路边念叨：感恩你，拐杖！感恩你助我走路，感恩你帮我探测水的深浅，感恩你帮我赶走恶狗。过了一段时间，老人的七个儿子听说城里有一位佛陀能够赐福给世人，就相邀一起去求佛赐福，甚至连妻儿都带上了。到达王舍城耆阇崛山时，佛陀正在为大众开示。这时的老婆罗门心中已经没有任何烦恼了，只有感恩。这天，他照样念着感恩上路乞讨，一个过路人看到他如此老迈，却是满口感恩，就好奇地问了他原委，然后给他说，今天佛陀正好在王舍城耆阇崛山说法，您想不想去看看？老人就随着好心的过路人去了耆阇崛山。他们到时佛陀已经开始说法了。老人照样一边念着感恩，一边走到佛陀前。佛陀看他上前，说，老婆罗门，听你满口感恩，看你一脸欢喜，你给大家再大声念几次吧。他就十分自然十分欢喜地给大家念：感恩你，拐杖，是你助我走过险路；感恩你，拐杖，是你帮我探测水的深浅；感恩你，拐杖，是你帮我赶走恶狗；感恩您，佛陀，是您让我明白感恩的道理。佛陀听了很欢喜，用眼睛扫视着老人的七个儿子和七个媳妇，语重心长地说，对，人生最重要的就是要有感恩心，一根拐杖尚且被老人如此感恩，何况生养我们的父母！世间有很多人还不如一根拐杖，不知孝敬父母，将来肯定会受到儿子同样的对待。你们想从我这里得到祝福，岂不知真正的福就在孝养父母中，就在感恩中。七个儿子和媳妇惭愧得无地自容，同时上前向佛顶礼，感恩佛陀，然后向老父亲叩头认罪，争着迎请老父亲回家孝敬。

可见，修福最好的方法就是常存一颗感恩心。老人感恩拐杖，儿子回心转意，看上去是个巧合，其实暗含大逻辑，正是老人的感恩之心召来这一“巧合”，这个过程中的许多“巧遇”，正是“恩”在安排，它的名字叫“感”，这就是古人讲的“境随心转”。有位哲人说过，人生除了感恩和改过，再无他事。真是再正确不过。

通常情况下，人们一提到报恩，就会想到恩人，其实，还有天恩、国恩、亲恩、师恩，换句话说，除过恩人，还有恩天、恩地、恩风、恩雨、恩米、恩面、恩水、恩火、恩国、恩社、恩家，等等。凡是保障我们生命的，都是我们的“恩人”，当我们意识到这一点，就再也不会浪费光阴，再也不会玩忽职守，再也不会狂妄自大了。所有人都活在一个“恩字号”的世界里，乘在“恩字号”列车上，那么，活着的意义，无疑就是报恩。

再说敬畏心。

曾几何时，中国成了一个生产口号的工厂，在众多的口号中，我最不喜欢“人定胜天”。有时候，我们连一个小小的失眠都没办法解决，何谈人定胜天？再说，人为什么一定要胜天，天人合一不是更好吗？再想想，人一出生，心脏就随我们跳动，直到生命终止，这难道不是一个奇迹吗？就是一架机器，持续运转上几十年，可能都要报废，而我们的心脏却要随我们跳动一生，这是多么奇妙，更不要说已经运行了百千万亿年的宇宙。

2003 年，我和几位同学因“非典”被困在鲁迅文学院，校方不让我们离开校门一步。每天隔着铁大门，看着空空荡荡的马路，听着救护车呼啸而过，每天都有不好的消息传来，我心里有种无法言说的滋味。

那段时间，恐怕没有谁不思考死亡的问题，思考灾难是怎么到来的。

“非典”之所以到来是因为人们的心中有了“非典”。

“非典”虽然给我们带来了巨大的损失和伤痛，但也培养了中国人的敬畏心。

古人的逻辑是顺时敬天。为什么在春天判决的死刑犯一直要等到秋天才处决？就是因为古人认为春天是万物生发的季节。有年春天，年幼的宋哲宗折了一根柳枝，就被程颐直言不讳地劝诫："方春发生，不可无故摧折。"可见古人是如何地敬畏自然。

古人之所以格外强调敬，因为敬生诚、生和、生福。而诚是天地动能，和是天地静能，福是天地定能。正是此"三"，生健康，生荣誉，生成功。为什么说家和万事兴？因为一个和合的家庭，本身就是一个大能量场。而和合的前提是敬，包括夫妻互敬，包括长幼互敬，包括人境互敬。

小家如此，国家同样，宇宙亦然。

现在，每当出差，要离开宾馆时，我都要把房间收拾整洁，然后恭恭敬敬地给房间鞠三躬，再拉上门去退房。不如此，我觉得内心就无法安宁。尽管那个房间此生有可能只住一次，尽管它的属性是商品，但我深知，在商品的"底部"，是一个和商品无关的东西，无疑，它是一个莫大的缘分。

当我们对时间和空间真的有了"感觉"，就会发现，不要说一个为你服务了三四天的房间，就是每一个时空点都是需要我们敬畏的，因为生命本是一个个时空点构成的。包括每一次呼吸，也是需要我们敬畏的，因为生命本在呼吸之间。换句话说，正是这一次次呼吸，一个个时空点，维系着我们的生命。但呼吸之主、时间之主，却不是我们自己。如此想来，我们怎能不在内心生起深深的敬畏。

最后说慈悲心。

一次，在公园里听到两位女同志聊天，内容是互相支持素食主义。一位说她曾到乡下支教，住在一个老乡家里，老乡为了感谢她，硬要给她杀羊。当老乡从羊圈抱了一只羊羔往外走时，母羊像是知道将要发生什么似的阻拦。可是羊羔终究被老乡带离羊圈，只见被关在栏内的母羊拼命地撞击圈栏。当羊羔在老乡刀下的叫声渐渐弱下去的时候，那只母羊停止了冲撞，呆呆地站在那里，头上流着血，嘴里喘着气，脸上的表情让人不敢也不忍去看。她说那是她有生以来从未见过的一种表情，说她当时从未有过地想念自己的孩子，恨不得立即回到城里，回到孩子的身边。当煮熟的肉端上来时，她觉得那不再是一盘羊羔肉，而是一位母亲的眼神，让她不寒而栗，更不要说动筷子了。

另一位说，不吃是对的，科学家说当动物被宰杀时会把所有的仇恨都转化为毒素注入肉中，人吃肉其实是吃毒，是往身体里埋藏定时炸弹。“口蹄疫”是吃出来的吧，“禽流感”是吃出来的吧，“非典”是吃出来的吧……

同样是两个素食主义者，境界却是天壤之别。后者是出于保护自己才茹素，前者则是出于善良，出于慈悲，出于设身处地、将心比心。

古人认为，宇宙就是由“爱”构成的，它的原点就是一个字：“爱”。一个人若具备慈悲心，则会感得慈悲的照耀和庇护，正如一个人心中有感恩、有敬畏，就会感得感恩、敬畏的照耀和庇护一样——因为“爱”既是节目源，又是发射塔，还是转播站，更是频道和频率。为此，古人把为自己着想的人叫“业力身”，把为别人着想的人叫“愿力身”。“业力身”生长烦恼和不幸，“愿力身”生长智慧和福德，因为业力和爱不共振，只有无私的愿力才和爱同频共振。

一个有慈悲心的人，必定是一个勇于担当的人；一个勇于担当的人，必定是一个成功的人。

2010年版后记

2006年，我提出了安详生活的概念，并尝试着进行了一些演讲，受欢迎程度大大出乎我的意料。

让我惊喜的是，在“安详”的影响下，不少问题学生得以改变，不少问题家庭得以改观，不少心灵疾患得以痊愈。从此，每逢我们搞一些公益活动，那些从中受益的同志都会闻讯前来做义工。

作为一个作家，去四处演说，似乎是不务正业；但是当对方的邀请到来，特别是学校，一想到孩子们那些渴望的目光，我就下不了拒绝的决心。因之，写作搁置；因之，稿债高筑；最后都不敢接听催稿电话了。

现在，中华书局能够出版这本书，将会大大缓解我的压力。从此，再有单位和学校邀请，我就可以让本书“代劳”了。

“我一直在想，现代人拿什么稳住自己？看了你的这个书稿后，我有了答案。”本书编辑祝安顺老师如是说，“看完你的书稿，我强烈地感受到一种稳定人心的力量。这是我们期待已久的一部书稿。”

在安顺老师身上，我深深地体会到了一个词：“鞭策”。正是在他电话、短信和E-mail的不停鞭策下，这部放了许久的书稿才得以出版面世。

借这个机会，我要深深地向他敬礼。

让我感动的，不仅仅是他的相知，还有他强烈的关怀意识、敬业精神，尤其是他为天下苍生铁肩担道义的大丈夫气概。

我没有想到，把书稿发给他的第二天，就收到他的短信：

> 郭老师您好！您的文字我反复读啊！真好！于丹的华丽，激励人心；您的朴素，安稳人心……特希望能与您面谈啊！我日夜看，感动啊！

随后，每天都会收到他的几条短信。

而我每每发过去稿件，他几乎不超过一刻钟就答复。让人觉得他从来就没有离开过邮箱。

唯一一次迟到的回复是：

郭老师，非常对不起，早上开车带父亲到八达岭长城，终于完成我的一个心愿；回来又是大雨，不敢马虎，没有及时给您回信，十分抱歉。

我的脑海里出现了一个词：“安顺速度”。这一刻，我已毅然决定跟他合作了。这些年原以为只有自己在拼命传播中国文化，没想到他比我还拼命。

一种终于“找到组织”的欢喜充满心底。

发过去由朋友帮我改定的出版协议，他在一刻钟内就答复，几乎没有异议。

更让人不得不相信他常说的那句话，出版是一种救赎，是一项利益苍生的事业，而不仅仅是获利。

……我希望这本书能将您的安详立在时代的潮流中，犹如一副铁锚，将这艘被物欲冲击得东倒西歪的大船定住，造福大众！

读来让人动容。要把这艘巨轮定住，谈何容易，但不容易并不意味着我们就放弃努力。

说起努力，我要借本书一角深深地感谢，感谢那些在“安详”成长过程中给予过无微不至关怀的领导、鼎力支持的同道和家人以及休戚与共的同事和团队，感谢一路送我到达文学最高殿堂的各位恩师。正是他们，让我拥有了一个以演说的方式行愿的资质，一个回报社会的资质。

我要深深地感谢中华书局的副总编辑顾青先生，从安顺老师的口中，我得知了顾青先生对本书的格外支持。连同感谢为本书的出版付出辛劳的曹雅欣老师。

我还要深深地感谢朋友高以谨和中山图书馆的吕梅馆长，是她们把安详介绍到南国，接着又由吕梅馆长介绍给祝安顺老师。

最后，我要深深地感谢安详。因为没有安详，就没有我的今天，“快乐富豪”的排行榜上，就不会有我的名字，当然也就没有这部书稿。

2010 年 1 月于银川星光华

2015年版后记

对我来说，《寻找安详》能够出版是一个意外，成为畅销书就更是一个意外。估计出版社也没有料到，不然不会在书发行不到一个月就断货。对于一个作家来说，这当然是一件开心的事情。但更让人开心的是有许多读者从中受益。这既给我很大的安慰，也给我很大的信心。让我感动的是，有不少热心读者，在自己受益之后，还倾力让更多的人受益。因为他们的汲引，我得以到全国一些高校和省市分享有关安详的心得体会；因为他们的影响，许多人对安详产生兴趣；尤其让人感动的是，有不少读者批量义捐，其中有位叫楚文的女士，用自己的工资多次购捐《寻找安详》和《农历》数千册，一家人却住在大约只有六十平方米的旧房子里。

当然，安详作为一种新的生活理念，相对于现实生活，难免有不同的见解，这从媒体朋友的提问中可以知道。两年来，新华社、新华网、中国作家网、《人民日报》、《文艺报》、《中国艺术报》、《中国青年报》、《中华读书报》、《文学报》、《天津日报》、《海南日报》、《羊城晚报》、《春城晚报》、《济南时报》、《深圳特区报》、《珠海特区报》、《北方周末报》、《天涯》、湖南卫视及宁夏本土多家媒体，就安详或相关安详话题，提了许多有质量的问题。这些疑问，也是不少读者的。正好借这次修订的机会，做一次集中答复。

有问，作为一个安详生活的倡导者，如何看待不久之前盛行一时的“末日论”？

我说，事实上“末日论”我在很小的时候就听到了，但当时人们却没有像今天这样恐慌，因为老人告诉我们，即使老天收人，也会留下一些人种，所谓“择良留种”。我们只需把自己变成一个好人，变成一个有用的人，变成有种子品质的人。这种教导在很大程度上成为我的潜意识，成为我做人行事的潜在标准。

在我看来，安详正好可以缓解人们的“末日”焦虑，因为安详是一种稳定的现场感，正是这种现场感，让我们不念以往，不思将来，只是安处于当下，当然也就远离了“末日”焦虑。换个角度来讲，只要我们能够遵从“整体”原则，把自己全然地融进“整体”，“末日”事实上也消失了，因为“整体”是无始无终不生不灭的。退一步说，就算通常说的“末日”是一种可能，但当所有人从现在起开始修改心念，把言行调整到生机频道，补种生机之种，那么杀机就不会到来，或者会推迟到来。而安详，在我看来，是最大的生机。

不可否认，人类到了天灾人祸最频繁的时代；同样不可否认，这是一个全民焦虑的时代。对于一个个被天灾人祸夺去生命的人来说，生命终止的那天就是他们的“末日”；对于一个个被焦虑和抑郁夺去生命的人来说，生命终止的那天就是他们的“末日”。在我理解，天灾是因为大地失去了安详，人祸是因为人心失去了安详。因为安详的缺席，很多人才生活得如此痛苦，如此不快乐。其实，当年的我也不例外。比他人幸运的是我碰到了安详，把我从地狱带到了天堂。

我的体会是，当一个人内心存有安详，仅仅从一餐一饮、半丝半缕中，就可以感受到世界上最大的幸福；否则，即使拥有世界，也可能和幸福无缘。安详是一种来自生命本身的快乐，一种只有向内求才能得到的快乐，一种反条件的快乐。只是因为我们没有“醒来”，因而感觉不到它；或者是因为它太简单了，我们不愿相信它。正如幸福就是我们“本身”，只是我们已经习惯了向“外”看，那束天生的打量幸福的目光就渐渐“睡眠”。结果是，我们本身开着幸福的车子，却满世界寻找幸福，以至于把车子都开爆了，最终却和幸福擦肩而过。

因此我以为，一个人错过安详，不仅仅是错过幸福，还意味着错过了生命本身。

有问，唱首歌也能快乐，美餐一顿也快乐，为什么偏偏要学安详呢？

我说，来自安详的快乐和来自物境的快乐不一样。来自物境的快乐会消失，来自安详的快乐永远存在，因为它是一种根本快乐，它和我们的本质一体两面，只要我们找到本质，它就自然发生。打个比方，如果说生命是太阳，那么安详既是太阳，又是阳光；如果生命是月亮，那么安详既是月亮，又是月光。其实生命本身就是快乐的矿藏，只不过因为我们太粗心太大意，或者说是被粗心被大意，而舍近求远，舍本求末，这个“灯下黑”，就成了天下最大的冤枉！

有问，不少知识分子认为，人生的本质是痛苦是悲剧，但你却讲根本快乐，是不是有些矛盾？

我说，这些知识分子讲的痛苦，恰恰是生命的现象，而不是本质。就生命现象来讲，确实是痛苦的、悲剧的，因为既然是现象，就不永恒，有生灭，因此痛苦；再好的良辰美景都会逝去，再动人的人事都会逝去，包括我们自己，因此痛苦。如果他们看到这个现象的背面到底是什么，就不会发出生命的本质是悲剧之叹。现象的背面是什么呢？全然的快乐。如何看到，需要我们走进安详。用思考永远无法找到生命的本质，生命的本质只有“过来人”才能告诉我们。因为意识本身是我们生命的一个局部，我们怎么能够通过局部认识全部？就拿眼睛来说，它甚至无法看到自己，怎么能够看到后背，看到五脏六腑？但我们没有看到，并不等于它们不存在。

因此，对于持“痛苦之见”的知识分子，更需要从知识走向安详。一个人要想不受噩梦折磨，首先需要醒来。一个没有醒来的人，他所做的一切事，都有可能是错事。这就像一个迷路的人，他走得越快，可能离目标越远；这就像一个人在梦中拼命完成了一项天大的工程，但是梦醒之后，全是懊丧。如果我们稍稍知道一些“醒来”的常识，就会发现，醒来的过程就是痛苦消失的过程。从这个角度来讨论，最有意义的事就是先让自己醒来，再把他人唤醒。很显然，没有谁愿意永远生活在梦中。而安详，正是生命“醒”的状态。

有问，安详的人是否会在这个充满竞争的社会中无法立足？

我说，如果一个人真正找到了安详，他肯定是一个受社会欢迎的人。真正的竞争力是爱，而安详正是成全人的爱力的。如果我们承认没有谁会拒绝母亲，就会承认没有谁能够拒绝爱。既然没有谁可以拒绝爱，那么，拥有爱力的人怎么会在社会上没有立足之地呢？我有一个朋友，当初想方设法赚钱，但是一直没有赚到；后来跟我一起实践安详，不到两年，一个老板愿意把一层楼给他，让他成立一个文化公司。老板为何要如此支持他？因为他用安详思维解决了老板用经济思维无法解决的烦恼。

有问，安详是否会把一个人变消极？

我说，人们一旦尝到安详，就会发现它不是消极，恰恰是大积极。一个获得安详的人，他会非常好学、非常勤奋、非常敬业、非常有爱心，却不执着、不计较，因为他的心中没有了“我”，只有整体。而整体的品质本身就是积极、和谐、利他、生机勃勃、天长地久。

有问，安详是否要以牺牲人的尊严为代价？

我说，恰恰相反，如果说生命是旅行，那么“回家”便是必然，“回家”不但意味着归属，还意味着温暖、安全，当然包括尊严。一个无家可归或者说迷失在外的游子是没有真正的尊严可言的，更不要说浪子。而安详，是生命最终的家园。

有问，安详会不会把人变成顺民？顺民往往会放弃对社会的批评和监督。

我说，安详不等于放弃责任，只不过它的方式方法会更加妥善，相对于反社会却没有建设力的人来讲，一个既不反社会又具有建设力的人，是不是更有价值呢？事实上最彻底的监督是让被监督者走进安详，因为安详力本身就是监督力。就像一个人愿意承认有天，就会承认“人在做，天在看”，就会自动约束自己。因此，要想真正实现监督，就要恢复人们的敬畏心。事实上，当安详成为人们的自觉，成为人们的生活方式，甚至不需要监督了。阻止作恶的最好办法是让恶自动终止，而让恶自动终止的最好办法是让它变成无聊，或者说无趣。而要让恶成为无趣，就要让人们尝到善的有趣。就像一个见过大海的人，河湖将不会成为他追求的目标。生命的意义无非是获得喜悦，如果我们现在就在喜悦之中，为什么还要舍近求远？如果一个官员没有找到比贪更快乐的东西，制度再健全，刑罚再严厉，他也有可能铤而走险，因为贪让他快乐。因此，让官员找到一个比贪更快乐的东西，就成了关键。安详正可以帮助官员找到这种超然的快乐，可以代替一切泡沫快乐的根本快乐，古往今来，有许多清官已经给我们做了证明。安详除了能够让人们对外在诱惑产生无趣感，还可以给生命提供多层次感和无限超越性。从这个意义上来讲，安详也许是最好的“制度”。

有问，面对社会两极分化、贫富不公，你能安详吗？

我说，一个人如果找不到自己真正的“富贵”，即便是亿万富翁，也是贫穷的；如果找到他本原意义上的“富贵”，即便是一贫如洗，也是富有的。当一个人心存这样的概念，他就会是安详的。当人一旦尝到安详的滋味，渐渐就不会“在意”贫富了，因为根本快乐不会因贫而少，因富而多，它是一种超越贫富的存在。因此，我们要不断提醒人们思考一个问题：一个人拥有亿万财富，却是零喜悦；另一个人虽然贫穷，却拥有亿万喜悦，谁更成功？更快乐？

安详是一种发自心底的快乐。请留心一下古人讲的“心地”这个词。在我看来，它暗示了一种自然生发力，就像大地，它本身具有生长力。真正的幸福正是从这个心灵的大地上自然生长出来的，只要“春来”，就会“草自青”。这个“心地”，就是安详。再说，一个安详的人，他会明白，人的财富是一个总量，这个总量失之东，会补之西。因此，对于不正常原因造成的贫富不公，包括许多读者问到的强拆强占，他可能会据理力争，但决不会走极端动用非常规手段。

安详既能让富者贵，亦能让贫者尊。

有问，安详是克制欲望的武器，但欲望也是人类前进的动力，如果人人都没有了欲望，社会不就停止了进步?

我说，在回答这个问题之前，我们得好好讨论一下这个“前进”。如果一种“前进”让我们丢掉了健康，丢掉了幸福，丢掉了安全感，丢掉了起码的生存环境，它还是“前进”吗？我的父母都八九十岁高龄了，但是任何时候，他们的脸上都是欢喜。可是，那欢喜，在我们这辈，在晚辈脸上，却渐次稀薄了。由此我想，我们一直在追求进步，这没错，但是如果人们的目光中没有了喜悦，这还算不算进步？中国古人在“反动”中完成“前进”，或者说是保持“前进”，它的逻辑是“天人合一”，是“天地与我同根，万物与我一体”；但是欲望逻辑疯狂鼓动人们，天地是我们消费的对象，万物是我们挥霍的对象，欲望膨胀的结果将是人类的末路。古人早就发现，人的欲望是一个巨大的惯性，如果没有一套“反动”机制，就会给人类带来灭顶之灾。安详的作用之一，就是“反动”。可见，社会越发展，越需要安详对人们内心的调养。就像一列列车，速度越快，越需要保障系统安全无误，越需要轨道安全无误。发展的动力是刺激欲望，但欲望过度会毁灭生命。这就需要在欲望和灵魂之间增设一个润滑，在发展和安全之间增设一个制动阀，这个润滑，这个制动阀，在我看来，就是安详。

有问，我愿意过安详的生活。如果在乡村，至少不会被饿死，只要有地种；但我现在生活在城市，没有工作我怎么安详？

我说，这是一个问题。人当然先要满足最基本的生存需求。但是另一方面，城市也有不少人，他们已经不需要为生计发愁，但仍然不安详，为什么？不少富翁，赚钱的目的已经不是为了保障生存；一些官员，贪污的目标已经不是为了保障生存。为什么？因此，对于城市人来讲，安详有可能是他们最后的土地，或者说是最后的故乡。

有问，我愿意过安详的生活，但是我身处闹市又如何安详？现在有不少人选择在城郊、山林、海边等清净处买房买院，过隐居或半隐居的生活，这是否也是一种寻找安详的方式呢？

我说，首先，我们要对这些“隐者”表达敬意，因为他们毕竟在一定程度上向世人演绎了“放下”。但在我看来，环境不是主要的，关键在心。如果一个人的心中没有宁静，他即使整天待在深山老林中，还是找不到安详。如果一个人的心是静的，那么他即使处在闹市，也可以找到安详。在我看来，最大的自然应该是心的自然。人们之所以渴望自然，是因为心里没有自然。如果一个人在他的心底建立了大自然，任何地方都会成为他的桃花源。这个大自然，就是安详。因此，我更愿意把“桃花源”这个词看成是安详的象征。如果我们稍稍懂得安详，就会发现，公益恰恰是我们走进安详的重要途径。那么，一个人对环境的选择，应该以是否方便从事公益事业为标准。

有问，安详能否在新一代青年身上发生作用？

我说，在我看来，新一代青年面临的主要问题正是安详的缺失。现在，有不少80后、90后缺乏孝敬能力、快乐能力、生活能力、抗挫折能力、爱的能力，一句话，缺少安详力。十几年的应试教育让他们成为考场上的高手，生活中的低能儿。但社会毕竟不是一次次纸上答卷，当他们踏上社会，一个巨大的不适应就以排山倒海之势到来。现在有许多年轻人轻生，有生活压力的原因，更重要的是以上原因。孝子是不会轻易自杀的，从小接受过挫折教育的人是不会轻易自杀的，懂得安详的人是在任何环境中都能安处的。这些年轻人，要想适应社会，补安详之课就成了当务之急。

我的儿子就是这样，和别的孩子比起来，他还是比较传统的，但是当他走进大学，焦虑症几乎让他挺不过来，后来他接受了安详，同样的环境变成了天堂。现在他学习非常用功，生活态度非常积极，又很快乐，最重要的是他从一个怨气冲天、愁眉苦脸的人变成了一个快乐的人。

要想让孩子获得生命的灿烂，需要我们把目光投向根。如果根出了问题，叶和果就可能是昙花一现。换句话说，我们在给孩子构建生命大厦的时候，千万不要忽略了地基，否则，他们的一生都可能生活在不安全不稳定之中。这个地基，就是安详。因为安详的品质是根，是性，是顺，是诚，是爱，是敬，是悦。

我的体会是，在没有找到安详之前，教育一不小心就会成为乱上添乱，就像梦游者给梦游者带路，结果是两倍的梦游。这就像自由主义者一直在讲，一切都要按个体心中最好的想象建构这个世界，但是什么是最好？

他们却无法回答。这个世界就变得混乱不堪。因此，找到一个普遍真理就成了关键中的关键。就拿好人好事来说，通常的标准是利他，那么如何才是利他？有人说他要什么你给什么。那么请问，他要吸毒呢？

如果不搞清楚“给”和“要”的标准，教育还有可能“引狼入室”，因为这个社会上有着太多的人在打孩子的主意。别的不说，就拿眼下铺天盖地的励志书来讲，有多少是具有父母心肠的？一个孩子走丢了，具有父母心肠的人应该把他带回家，可是有人却在干着拐卖的事；一个孩子跟父母闹别扭，具有父母心肠的人应该劝孝，可是有人却在干着劝逆的事。不少书籍，孩子不读还好，越读越焦虑、越自私、越狭隘。真正的励志书，应该是励奉献之志，而非索取之志；应该是励家国之志，而非一己之志；应该是励大爱之志，而非小爱之志。因为只有通过奉献、大爱、家国情怀，我们才能走进安详。

有问，这毕竟是一个多元时代，在强势东进的西方文化面前，安详到底有多少用武之地？

我说，正因为西方文化强势东进，安详在一天天增值。因为安详的底料是“中”，既然是“中”，“东”“西”都离不开它。单就年轻人喜欢过洋节来说，大家有些紧张，在我看来，也没什么大不了的。就像是一个有根基的大户人家，家里来几个客人挂单，也许是一件值得庆祝的事。问题是，我们自己首先要是一个大户人家，要有足够深厚的家底，要有能够拿出来让客人观赏和享用的东西。如果我们一贫如洗，那客人的到来不但是一件十分尴尬的事情，也是一件十分危险的事情，弄不好，我们的孩子都会跟了客人私奔。这个“家底”，在我看来，还是安详。当一个人尝过了自家的山珍海味，他自然会对舶来的小茶小点没有了兴趣；即使有兴趣，也只是作为茶点用用，决不会以其为主食。我之所以写《寻找安详》《农历》这些书，就是想和大家一起体味我们本有文化的自足性、圆满性。这就像各种新式营养品在想方设法争宠，大米从不吭声却从未失宠过一样。这个世界上，总有一些东西是人们永恒需要的，这些东西，在我看来，就是传统。我们现在要做的事应该是把传统现代化，就像过去蒸米用柴火，现在用电饭锅一样。安详的使命，不应该是重新创造一种大米，而是制作更好的电饭锅，探索更好的蒸法，把大米做成更适合现代人胃口的美餐。

有问，如何用安详视角看待“全球一体化”？

我说，“全球一体化”本身不存在善恶分别，关键是要看这个一体化是什么样的一体化，如果是古人理解的大同社会，那一体化就是善；如果是道德沦丧、欲望膨胀、享受泛滥的一体化，那可能就是深渊。现在的一体化，是否合情，可能还需要观察，但有一点我们已经看到：文化在受害，一个个文化自足体在这个洪水猛兽面前决堤了，留在大地上的是一个个文化的空村、空巢、空壳，最后也许就是一片空白。所以，在全球化的浪潮下，我们更应该自觉维护中华民族传统文化的独特性、完整性，全球化只有与文化的多样性相辅相成，这个世界才是一个丰富、可爱、有趣的世界。

有问，这毕竟是一个经济时代，有几个人能够对安详产生信心？

我说，正因为这是一个经济时代，安详才弥足珍贵。因为经济，人们焦虑；因为欲望，人们痛苦。安详正好发挥药用。如果我们肯定到医院就诊的人越来越多，那么就会肯定走进安详的人会越来越少。因为安详让我们善待心跳，善待呼吸，让身心保持在一种妥善的状态、和谐的状态、健康的状态、快乐的状态。

有问，要让他人对安详产生信心，最关键的是什么？

我说，首先要自己找到安详，享受安详。一个没见过安详的人，是不可能让别人分享安详的；一个没有安详的人，是不可能给别人安详的。事实上，当一个人真正找到了安详的时候，他什么都不做，就在传播安详。这个人，他无论是坐在办公室，还是走在大街上，别人看着都会心生欢喜。这个世界上，有谁会不喜欢欢喜呢？这时，你拥有的欢喜既是贡献，也是广告，因为天下不欢喜的人太多了，只要他不欢喜，他就会想，那个人怎么就那么欢喜呢？就会来向你请教如何欢喜。这样，点亮他心灯的机会就来了。另外，一个人只有真正找到安详，才会对他人有一种摄受力，因为一个安详者的所有言行本身就是一种安详的展示。还有一点，当我们按照安详精神去生活、去工作、去做人时，真正意义上的生命诗意就诞生了，一个小我无法享有的诗意王国便会次第打开“国门”。这个诗意，本身就是一种感染、一种感召、一种动员。

有问，安详与和谐是什么关系？

我说，安详本身就是和谐力。一个安详的人，必然是一个知行合一的人，而知行合一产生真诚、信誉、奉献，最终产生榜样，这不正是和谐社会最需要的吗？如果每一个人都做到“守”，都归到本位，都做好本分，都不做非分之想，那么这个社会不就是和谐社会吗？

现在的情况是，好多人占着本位，却想着他位，非和谐就产生了，分裂和动荡就产生了。只要我们不归位，冲突就不可避免，战争就不可避免。我们知道，冲突来自分别，而一个人找不到现场感，就永远无法消灭分别。再说，安详让我们向内寻找幸福，而一个向内寻找幸福的民族，不会将幸福建立在损人利己的基础上。向外寻找幸福的结果是欲望的过度膨胀、资源的过度消耗、环境的过度污染、竞争的过度激烈，最终的结果将是人类的末日，要么被天灾吞没，要么被战争吞没。中华民族五千年基本的社会稳定和安宁，正是得益于这种向内寻找幸福的文化。

有问，要找到安详，最关键的是什么？

我说，我的体会是首先要把傲慢放下，把偏见放下，把成见放下，然后把心灵调整到一种归零状态，读安详的书，做安详的事。事实上，每个人都是一个安详的拥有者，只不过它在沉睡，只要唤醒它就足矣；或者说，每个人都是一眼安详的清泉，只要把其中的泥沙淘尽就是。

应广大读者的要求，中华书局让我修订本书再版行世，遂在原书基础上新增了三分之一的内容，这是我近两年寻找安详的一些新体会，正好借机求教于大方之家，也向亲爱的读者朋友表达诚挚祝福！向所有关心爱护安详、实践推广安详生活的同道致以崇高敬意！同时也向大力支持本书修订的中华书局领导和为之付出艰辛劳动的祝安顺、孟志成老师，连同所有付出心血的朋友表示衷心感谢！

2015年9月于银川阅海万家

2020年版后记

我把《寻找安详》交由长江文艺出版社出版，视为对湖北对武汉的一份祝福。本书2010年由中华书局出版，十年来重印了十四次，是拙著之中发行量最大的一部。在此，向所有支持这本书的出版、发行、传播的仁者表示衷心的感谢！

2019年，中华书局改制，祝安顺先生不再负责我的书，我再不能像从前那样以较低的折扣批发到书，自然就无法像从前那样向全国大面积捐赠，这对于已经捐书成瘾的我，当然是不可忍受的，为此，我决定把书稿移出来。

得知这个消息之后，有许多出版社联系要出。但我最终还是给了长江文艺出版社。这些年，我的长篇小说《农历》、散文集《永远的乡愁》、随笔集《醒来》在该社出版发行，合作非常愉快。特别是在向全国捐书的过程中，发行部尽心尽力，能够让所捐之书以最快的速度发往目的地。

没想到在报选题的过程中，疫情出现了。加之负责这本书的程华清老师家里有事，一直到七月，书还不能上市，这可急坏了一些爱心人士。志勇社长当即加强了编辑力量，并安排了加急，让书走绿色通道，这令我特别感动。

我能体会这些爱心人士的心情。疫情最严重的时候，我曾联系程华清老师，可否给方舱医院的患者每人赠一本《醒来》，可是出版社也“瘫痪”了。我只好和宁夏的几位同道把银川能搜集到的书全搜齐，发往武汉。不久，就有朋友转来援鄂志愿者陈洪锋的信：

> 读书也是缘分，如果不是这个疫情，我可能没有机会阅读到此书，能点燃我内心的火焰，让我自己沉入思考，回忆过往的不足，寻找差距。这种书市面上真的很少了，必须是具有极深的文化底蕴和对人性透彻的认识才能写出来的读本，感觉给我理

清了一个方向。读了郭文斌先生的书，发现自己一直走在混沌的世界里，杂乱而行，我真的需要醒来。

这当然是过奖，但我特别看重这份来自武汉的反馈。为此，出版社恢复营业后，我又让人给宁夏的援鄂医护人员发了一部分。《醒来》是《寻找安详》的姊妹篇，报最初的名称为《寻找安详Ⅱ》，后来被编辑改为这个书名。

在我同意把《寻找安详》给长江文艺出版社后，程华清老师就向社里报了“寻找安详书系”选题，计划陆续把我的书出齐。

但就在我们商量协议的时候，疫情暴发了，《寻找安详》的发行，就进入了一个长达半年的断档期。

疫情期间，我完全可以借故把书稿给别的出版社，但良知让我无法这样做，就在一种焦灼的心情中等待。这期间，我不断地提醒自己，这是一个特殊的年份，更要随缘，更要体贴人，何况，这是武汉，这是湖北。

但是，爱心人士还是等不住了，决定换书捐赠。我只好向她委婉地说明情况。让我感动的是，她马上决定继续等待，并向程华清老师真诚地道歉。

无疑，这是一堂再好不过的安详课。

一年来，类似的故事，还有许多，它们，都是我生命中的黄金。

正是这种大爱，让这本书走向它的缘分，让许多抑郁症患者得以痊愈，让许多矛盾家庭得以和好，让许多问题青年得以康复，让许多睡眠障碍者重回梦乡，让许多迷路人找到了人生方向，让不少万念俱灰的人重新燃起生命的热情。不少读者在受益之后，又大量批发捐赠。比如，烟台丰金集团、河北精英弘贤集团、河北围场金发集团、山东中德安联集团、广州市蓝态公益发展中心、银川兴泰商贸有限公司，等等。不少传统文化平台，把它作为教程。

2018年仲夏，经刘广平先生推荐，我到北京金色世纪公司讲了一次课。不久，董事长李梓正先生就安排公司批发了一万册《寻找安详》，把它配置在全国各大机场和高铁的贵宾室，让大家带上飞机阅读。

一天，我收到银川当代美术馆馆长刘文锦女士的微信：

郭老师您好！我要认真给您道个歉！我错了！

您的《寻找安详》今日才读完，昨天下午四点上飞机开始读，这会儿返程落地已读完，很久没有哪本书让我如此爱不释手，着急赶回去是为了马上看到一本书，准备从“现场”和“勤”践行，并进而记于心、融于识。

不久，她又给我讲了一件趣事：她去给一位师长送书，师长说，他也有一本要赠给她，没想到师长从书柜上拿下来的竟然是《寻找安详》。不久，她就在由月星家居弟兄品牌团队发起的首届企业文明论坛的基础上，组织了第二届企业文明论坛，并向开发、服务、运营等领域常态推进。

企业文明论坛的模式，很快就被山东茌平农商行的张兆起先生会同宣传、教育、广电等单位，推广于齐鲁大地。

这些感人至深的故事，无疑给了我无尽的前行动力，让我把更多的精力投向公益事业。

有一天，“寻找安详小课堂”的班长张润娟给我转来一封学员来信：

谢谢张总！感谢你们一家人的真心、爱心、诚心、善心，非常感谢郭老师和“小课堂”！这次来“小课堂”学习，当初只是抱着试试看的想法，但是结果让我很意外，这几天从听郭老师讲的课程到与学长们在一起相处的点点滴滴，我很震撼，也很感动，以至于最后郭老师的课程结束时我泪流满面，甚至舍不得离开这个“小课堂”。大家在一起和谐共处，亲如一家人，这样的情景让我感受到了家的温暖、亲人的呵护，我自己的心情也从最初的紧张焦虑烦躁逐渐平复，心一点点沉静下来，细细地反省我在工作和家庭中的种种做法，在单位不是个合格的管理者，在家庭也不是个合格的母亲和妻子，活了半辈子都没活明白，的确很惭愧。有时我也在想，孩子付出这么大的代价来拯救自己的父母，作为父母再不醒来，是何等的糊涂呀！有缘来到“小课堂”是我的福分，也很感谢你对孩子的关心，拥有这么多的爱，孩子一定会好起来的。对不起，这么晚给你回电话，今天早上忙着做家务，没顾上看手机。本想昨晚多拿一包要洗的被罩，无奈力量有限，我只是做了一点，比起你们全家，我还差很多！我会

一直坚持我的立命，学习经典，提升内力，在“小课堂”的大家庭里和孩子一起成长。

这是一名抑郁症孩子的母亲，因为她的改变，孩子很快好转。生命中，没有什么比读到这样的来信更让人开心的了。

疫情过后，向我索要《寻找安详》的朋友一下子多了起来，我再也不能像从前那样大方地赠送，而是像一个守财奴一样，把存档书送给最需要的人。每当朋友们读后，向我反馈从中获得了一丝放松，一丝安全感，我就更加渴望长江社能够加速，让书尽快上市。虽然，和山东教育出版社协议6月初出版《郭文斌精选集》十卷，其中有《寻找安详》，但毕竟是成套书。

好在多年的安详实践，让我学会了从缘分角度想事。心想，为什么恰恰是2019年，《寻找安详》要作别中华书局？并且，全国那么多出版社，而自己却偏偏钟情长江文艺？再说，在凶猛的疫情让整个人类都面临严峻考验的今天，一部书稿的命运，又算得了什么！

记得2006年，我开始倡导安详生活方式的时候，就讲过，如果人类不调整发展模式，不调整认知方式、思维方式、行为方式，不和大自然和平相处，一定会面临巨大困境。

天灾是因为大地失去安详，人祸是因为人心失去安详。十多年后，回味当年说过的这些话，别有一番感慨。

现在，《寻找安详》又要从武汉出发，带着它的祝福沿着长江扬帆了。我不知道，又会有多少美丽的缘分，由此展开。

2020 年 7 月于银川阅海万家

本版后记　就像一个魔法师

关于《寻找安详》，有说不完的话。十六年来，它就像一个魔法师，把我带向一个未知世界。当初，我怎么也不会想到，它会三十多次重印；不会想到，评论家以“安详哲学”“安详诗学”“安详之学”等为题，展开研究；更不会想到，它会把我推向一个“公益人”的人生轨迹上。

2010年，本书由中华书局出版后，出乎意料的是，不少抑郁症患者看了它，或者病情缓解，或者痊愈。不少读者来我的办公室找我，让我有些无法招架。渐渐地，就有了办读书会的想法。2012年，我就鼓励几位从《寻找安详》受益的学员注册了全公益“寻找安详小课堂”，探索用中华优秀传统文化帮助抑郁症患者走出困境的路子，没想到效果很好，后来渐渐变成一个让大家沉浸式体会中华文化之美的“安祥小院”。

来自全国各地的同学们一起吃，一起住，一起学习，一起进步，如同一家人。不收学费，管吃管住，还赠送书籍。不少被抑郁折磨的孩子，在这里走出困境；不少就要解体的家庭，在这里走向和好；不少睡眠障碍者，在这里重回梦乡；不少万念俱灰的人，在这里重新燃起生命的热情……自己的孩子康复了，就想着让别的孩子康复，怎么办？要么现身说法，要么把课程复制到当地。不少学员，参加完学习后，就留在“小课堂”做志愿者。甚至，有人把二十多年工龄的公职辞掉，有人把百万年薪的工作辞掉，来这里做志愿者。从外省来的学员，报不上名，就在“小课堂”旁边租房子，排队上课。

十三年来，我们相继在上海、南京、包头、乌鲁木齐、长沙、广州等三十个省市开设课程，受益人数百万余人次，并被引入全国三十多所监狱，帮助服刑人员改造。事迹被新华社、人民日报、人民日报海外版、光明日报、文艺报、文学报、宁夏电视台等媒体报道。特别让人感动的是，宁夏日报的连小芳副总编带着陈郁、祁国昌、闵良、姜璐四人，采写系列报道，多篇在头版发表。

参加过“寻找安详小课堂”的师生都知道，一些学校，因为学习“安详”，学风校风大为改变；一些学生，因为学习“安详”，学习成绩直线上升；有一位同学，因为学习“安详”，一年时间就把高中课程学完，考上大学。

而企事业单位的职员，在“寻找安详小课堂”学习后，奉献精神大为提高。有一家企业，全员学习后，业绩从全国第三十六名提高到第六名。

正是这些受益的学员，在全国大量组建沉浸式读书群。不少读者，能够把《中国之中》《寻找安详》《醒来》中的篇章背诵下来。今年十一岁的刘一然小读者，在“喜马拉雅”把《农历》读了四十多遍；十二岁的魏玉清小读者，把《农历》读了五十多遍。而《中国之美》，出版发行半个月就断货，之后保持着两月重印一次的节奏。这些可爱的读者，促使我对文字更加敬畏，也让我深信，具有唤醒作用的文字，本身就是祝福。

正是这种祝福性，让《寻找安详》成为畅销书。不少受益者，一次性批发成千上万册向社会捐赠。其姊妹篇《醒来》，在它的带动下，也常常出现读者催印的情况。

现在，由宁夏人民出版社出版精装典藏版，不知又会创造出怎样美丽的缘分。

2025年5月15日